Richard Yates

Eine letzte Liebschaft

Richard Yates

Eine letzte Liebschaft

Short Storys

Aus dem Englischen von
Thomas Gunkel

Deutsche Verlags-Anstalt

INHALT

DER KANAL

»Moment mal – ist das nicht dieselbe Division, in der du warst, Lew?« Betty Miller wandte sich in Erwartung eines außergewöhnlichen Zufalls mit weit aufgerissenen Augen an ihren Mann und hätte fast ihren Drink verschüttet. Sie hatte Tom Brace mitten in einer Geschichte unterbrochen, und jetzt mussten alle auf Lew Millers Antwort warten.

»Nein, Liebling«, sagte er, »tut mir leid. Das Heer war ziemlich groß.« Er legte den Arm um ihre schmale Taille und fand es angenehm, dass ihre Hand sich um seine schlang. Wie todlangweilig diese Party doch war; seit fast einer Stunde standen sie nun mit den Braces zusammen, die sie nur flüchtig kannten – Tom Brace war Kundenbetreuer in der Werbeagentur, in der Miller als Texter arbeitete –, und es schien kein Entrinnen zu geben. Miller taten vom Stehen die Beine weh, und er wäre am liebsten nach Hause gefahren. »Erzählen Sie weiter, Tom«, sagte er.

»Ja«, sagte Betty. »Entschuldigung, Tom, erzählen Sie bitte weiter. Sie wollten gerade einen Kanal überqueren, vor ziemlich genau sieben Jahren.«

Tom Brace lachte zwinkernd und verzieh die Unterbrechung, denn er wusste, dass Frauen alberne Fragen stellten. »Nein, aber mal im Ernst, Lew«, fragte er, »bei welcher Truppe waren Sie denn?« Miller klärte ihn auf, und während Betty »O ja, natürlich« sagte, starrte Brace an die Decke und wiederholte die Zahlen. Dann sagte er: »Mensch, Lew! Bei der Aktion, von der ich gerade erzählt hab, wart ihr direkt links von uns – die Kanalüberquerung? März fünfundvierzig? Ich kann mich genau erinnern.«

Miller hatte die ganze Zeit befürchtet, es könnte sich herausstellen, dass es derselbe Kanal war, und jetzt konnte er bloß erwidern, ja, das stimme tatsächlich, im März fünfundvierzig.

»Na so was«, sagte Nancy Brace und spielte mit elegantem Zeigefinger an ihren Perlen.

Tom Brace war vor Aufregung knallrot. »Ich kann mich genau erinnern«, sagte er, »Ihre Truppe hat den Kanal ein gutes Stück weiter nördlich, links von uns, überquert, und dann haben wir einen Bogen geschlagen und uns ein paar Tage später in einer Zangenbewegung wieder getroffen. Wissen Sie noch? Verdammt, darauf müssen wir anstoßen.« Er reichte frische Cocktails herum, während das Dienstmädchen das Tablett hielt. Miller nahm dankbar einen Martini und trank einen zu großen ersten Schluck. Die beiden Männer mussten kurz über die Beschaffenheit des Geländes und die Uhrzeit des Angriffs sprechen, während ihre Frauen einander beipflichteten, dass es bestimmt ein großartiges Erlebnis gewesen war.

Miller, der Brace ansah und nickte, dabei aber den Frauen lauschte, hörte Nancy Brace schaudernd sagen:

»Ganz ehrlich, ich weiß nicht, wie sie all das überstanden haben. Aber ich kann mir Toms Kriegsgeschichten immer wieder anhören; irgendwie macht er das Ganze so anschaulich – manchmal habe ich das Gefühl, ich wäre selbst da gewesen.«

»Ich beneide Sie«, sagte Betty Miller leise, in einem Ton, von dem Lew Miller wusste, dass er dramatisch klingen sollte, »Lew erzählt nie vom Krieg.« Und zu seinem Unbehagen begriff Miller, dass Betty, die zu viele Frauenzeitschriften las, es als romantisch empfand, einen Mann zu haben, der nie vom Krieg erzählte – vielleicht einen etwas tragischen, sensiblen oder zumindest charmant bescheidenen Mann –, sodass es eigentlich keine Rolle spielte, ob Nancy Braces Mann besser aussah, ob er in seinem Brooks-Brothers-Anzug gediegener wirkte oder früher in seiner adretten Uniform schneidiger gewesen war. Das war lächerlich, und am schlimmsten fand er, dass Betty es besser wusste. Sie wusste ganz genau, dass er im Vergleich zu jemandem wie Brace kaum etwas vom Krieg gesehen und seine Militärzeit größtenteils bei einer Pressestelle in North Carolina verbracht hatte, bis er 1944 zur Infanterie versetzt worden war. Insgeheim freute er sich natürlich – denn das hieß ja bloß, dass sie ihn liebte –, doch später, wenn sie allein sein würden, musste er sie auffordern, ihn nicht ständig zum Helden zu stilisieren, sobald jemand vom Krieg sprach. Plötzlich wurde ihm bewusst, dass Brace ihm eine Frage gestellt hatte. »Wie bitte, Tom?«

»Ich hab gefragt, wie die Überquerung bei Ihnen ablief. Wie sah die Gegenwehr aus?«

»Artilleriefeuer«, sagte Miller. »Keine nennenswerten Kleinwaffen; wissen Sie, unser eigenes Sperrfeuer gab uns genügend Deckung, und die deutsche Infanterie war wohl zurückgedrängt worden, bevor wir loslegten. Aber ihre Artillerie funktionierte noch, und die hat uns ziemlich zu schaffen gemacht. Acht-Achter.«

»Keine Maschinengewehre am anderen Ufer?« Mit der freien Hand fingerte Brace an seinem akkuraten Windsorknoten herum und reckte das Kinn, um noch ein paar Zentimeter Hals zu befreien.

»Nein«, sagte Miller, »soweit ich mich erinnern kann, gab's da keine.«

»Wären welche da gewesen«, versicherte Brace ihm mit grimmigem Zwinkern, »dann würden Sie's noch wissen. Die waren von Anfang an unser Problem. Wissen Sie noch, wie breit der Kanal war? Wahrscheinlich nicht mal fünfzig Meter? Also, von dem Augenblick an, als wir in diese gottverdammten kleinen Boote stiegen, waren wir in Reichweite der beiden deutschen Maschinengewehre, die vielleicht hundert Meter voneinander entfernt am anderen Ufer postiert waren. Sie warteten, bis wir mitten auf dem Wasser waren – ich saß im ersten Boot –, dann legten sie los.«

»Mein Gott«, sagte Betty Miller. »In einem *Boot*. Hatten Sie denn gar keine Angst?«

In Tom Braces Gesicht trat ein schüchternes, jungenhaftes Grinsen. »Hab noch nie so viel Schiss gehabt«, sagte er leise.

»Musstest du auch mit einem Boot fahren, Liebling?«, fragte Betty.

»Nein. Tom, ich wollte gerade sagen, dass wir da, wo wir waren, keine Boote brauchten. Da gab's eine kleine Brücke, die nur zum Teil gesprengt war, die haben wir benutzt und sind das letzte Stück durchs Wasser gewatet.«

»Eine Brücke?«, fragte Brace. »Das muss ja ein echter Glücksfall gewesen sein. Konnten Sie mit den Fahrzeugen und allem ans andere Ufer fahren?«

»O nein«, sagte Miller, »nicht auf dieser Brücke; es war eher ein kleiner Holzsteg, und wie gesagt, zum Teil ins Wasser gestürzt. An jenem Tag hatte man schon mal versucht, den Kanal zu überqueren, wissen Sie, und die Brücke war zum Teil zerstört worden. Eigentlich kann ich mich nicht mehr besonders deutlich an sie erinnern – wenn ich's mir recht überlege, könnte sie vielleicht auch von unseren eigenen Ingenieuren errichtet worden sein, aber das ist eher unwahrscheinlich.« Er lächelte. »Es ist schon lange her, und ich kann mich einfach nicht mehr erinnern, Tom. Um die Wahrheit zu sagen, ich hab ein ziemlich schlechtes Gedächtnis.«

Um die Wahrheit zu sagen ... Um die Wahrheit zu sagen, dachte Miller, müsste ich zugeben: von wegen schlechtes Gedächtnis. Ich habe nur das vergessen, was mir nicht wichtig war, und in jener Nacht ging's allein darum, im Dunkeln zu rennen, erst auf dem Beton einer Straße, dann auf lockerer Erde, danach auf schräg abfallenden Planken, die unter den Füßen bebten, und dann im Wasser. Dann waren wir am anderen Ufer, und dort mussten wir Leitern raufklettern. Es herrschte ein Riesenlärm. Daran kann ich mich gut erinnern.

»Tja«, sagte Tom Brace, »wenn es Nacht war und Sie unter Artilleriebeschuss standen, haben Sie wahrscheinlich nicht besonders auf die verdammte Brücke geachtet; da mach ich Ihnen keinen Vorwurf.«

Doch Miller wusste, dass er ihm einen Vorwurf machte; es war unverzeihlich, sich nicht an die Brücke erinnern zu können. Tom Brace hätte so etwas nie vergessen, denn von seinem Wissen hätte zu viel abgehangen. Er hätte unter den schmutzigen Gurtbändern eine plastikumhüllte Landkarte in seiner Feldjacke stecken gehabt, und wenn die Männer in seinem Zug atemlos Fragen stellten, hätte er ruhig und unaufgeregt über die gesamte taktische Lage Bescheid gewusst.

»In was für einer Einheit waren Sie, Lew?«

»Einer Schützenkompanie.«

»Waren Sie Zugführer?« Damit versuchte Brace herauszubekommen, ob er Offizier gewesen war.

»O nein«, sagte Miller. »Ich hatte keinen Rang.«

»Doch«, sagte Betty Miller. »Du warst so was wie ein Sergeant.«

Miller lächelte. »In den Staaten hatte ich den Rang eines T-4«, erklärte er Brace, »aber das war in Öffentlichkeitsarbeit, also nichts wert, als sie mich in die Infanterie steckten. Ich fuhr als Reservist rüber, als Gefreiter.«

»Ein harter Schlag«, sagte Brace. »Aber wie auch immer ...«

»Ist ein T-4 nicht dasselbe wie ein Sergeant?«, fragte Betty.

»Nicht direkt, Liebling«, sagte Miller. »Das hab ich dir doch alles schon mal erklärt.«

»Aber Sie haben gesagt, an jenem Tag hätte schon jemand versucht, den Kanal zu überqueren, und wurde zurückgeworfen? Und Ihre Truppe musste es nachts noch mal probieren? Das muss bitter gewesen sein.«

»Stimmt«, sagte Miller. »Richtig bitter, denn am Nachmittag waren wir wieder ins Hinterland verlegt worden, unser Bataillon sollte ein paar Tage Ruhe kriegen, doch gerade als wir unsere Schlafsäcke ausgerollt hatten, kam der Befehl, wieder an die Front zu gehen.«

»O Gott«, sagte Brace. »Das ist uns auch immer wieder passiert. War das nicht die Hölle? Da war die Moral Ihrer Männer ja schon ruiniert, bevor Sie überhaupt losgelegt haben.«

»Tja«, sagte Miller. »Ich glaube, unsere Moral war sowieso nicht besonders hoch. So eine Truppe waren wir nicht.« Und um bei der Wahrheit zu bleiben, hätte er sagen müssen, dass das Schlimmste an jenem Nachmittag der Verlust eines Regenmantels gewesen war. Kavic, der Truppführer, hager, äußerst befähigt, neunzehn Jahre alt, hatte gesagt: »Okay, kontrolliert eure Ausrüstung. Ich will nicht erleben, dass ihr was liegen lasst«, und Miller hatte mit müden Augen und Fingern seine Ausrüstung kontrolliert. Doch später, unterwegs, legte ihm der stellvertretende Truppführer Wilson, ein korpulenter Farmer aus Arkansas, eine Hand aufs Schulterblatt. »Dein Regenmantel ist nicht an deinem Gurt, Miller. Hast du ihn verloren?«

Und als er nach kurzem Abtasten des Patronengurts den Verlust bemerkte, konnte er bloß sagen: »Ja, scheint so.«

An der Spitze der Kolonne drehte sich Kavic um. »Was ist denn da hinten los?«

»Miller hat seinen Regenmantel verloren.«

Kavic blieb stehen und wartete wütend, bis Miller neben ihm war. »Verdammt, Miller, kannst du denn auf gar nichts achtgeben?«

»Tut mir leid, Kavic, ich dachte, ich hätte ihn.«

»Na prima, dass es dir leidtut. Wenn's das nächste Mal regnet, wird's dir erst richtig leidtun. Du weißt verdammt gut, wie die Nachschublage ist – warum kannst du bloß auf nichts achtgeben?«

Ihm blieb nichts anderes übrig, als betreten weiterzumarschieren, mit einem Gesicht, das Scham gewohnt war. Um die Wahrheit zu sagen, war das an jenem Nachmittag das Schlimmste gewesen.

»Wo zum Teufel ist denn das Dienstmädchen?«, fragte Tom Brace. »Siehst du sie, Liebes?«

»Ich glaube, sie ist in der Küche. Ich seh mal nach«, sagte seine Frau und stöckelte, hübsch die Hüften wiegend, in ihrem teuren Cocktailkleid davon.

»Sag, dass wir alle am Verdursten sind«, rief Brace ihr nach. Dann wandte er sich wieder Miller zu. »Und was ist passiert, Lew? Ich finde es wirklich interessant, zu erfahren, was in jener Nacht in eurem Abschnitt gelaufen ist. Hat Ihre Kompanie den Angriff durchgeführt oder was?«

»Nein, eine der anderen Kompanien hat den Kanal zuerst überquert«, sagte Miller, »aber für meine Gruppe, ich meine die Gruppe, in der ich war, lief's auf dasselbe raus, denn wir mussten für den Fernmeldetrupp des

Bataillons Kabelrollen ans andere Ufer bringen und folgten direkt nach der ersten Kompanie.«

»Aha«, sagte Brace.

»Aber eigentlich war das gut, denn wir mussten nur dafür sorgen, dass das Kabel rüberkam und wir nicht in Schwierigkeiten gerieten, und nach der Überquerung saßen wir bloß rum, während der Gefechtsstand des Bataillons errichtet wurde. Wir haben den ganzen nächsten Tag auf der faulen Haut gelegen, ehe wir wieder zu unserer eigenen Kompanie stießen.«

»Moment mal, nicht so schnell«, sagte Brace. »Ich will von der eigentlichen Überquerung hören. Sie haben gesagt, dass Sie dabei unter Artilleriebeschuss standen?«

»Fing schon vorm Kanal an«, sagte Miller. Jetzt kam er aus der Sache nicht mehr heraus. »Soweit ich mich erinnere, begann der Artilleriebeschuss, als wir noch ein paar Hundert Meter entfernt auf der Straße waren.«

»Und es war nachts?«, fragte Betty.

»Ja.«

»Acht-Achter, was?«, sagte Brace.

»Stimmt.« Und plötzlich war alles wieder da. Die sieben Jahre lösten sich in nichts auf, und alles war wieder da – die dunkle, graue, von schwarzen Bäumen gesäumte Straße, die schlurfenden Männerkolonnen auf beiden Seiten. Der vertraute Schmerz der Patronengurte und Gurtbänder erfasste seine Schultern und seinen Hals, und noch ein neuer Schmerz schnitt in das Fleisch seiner Hand: ein geschlungener, verknoteter Kabelstrang, an dem eine große, schwere Stahlrolle hing. Manche Rollen hatten Griffe, doch Miller hatte eine erwischt, die keinen hatte, und beim Tragen schnitt man sich unweigerlich die Hand auf. »Bleibt zusammen«, mahnte Wilson mit heiserem Flüstern, »ihr müsst zusammenbleiben.« Die einzige Chance, im Dunkeln, fünf Schritte voneinander entfernt, zusammenzubleiben, bestand darin, sich auf den schemenhaften Rücken seines Vordermanns zu konzentrieren. Shanes Rücken war kurz und breit, sein Helm hing unterhalb der Schultern. Jedes Mal, wenn der Schemen zu undeutlich wurde, rannte Miller ein paar Schritte, um aufzuholen; und wenn er ihm zu nahe kam, hielt er sich zurück und versuchte, die fünf Schritte Abstand beizubehalten. Plötzlich spürte er einen raschen, flattrigen Luftstrom, und irgendwo auf der anderen Straßenseite machte es *Wumm.* Wie große zusammenbrechende Tausendfüßler rollten beide Männerkolonnen in die Straßengräben. Miller fiel flach auf den Bauch – es war ein guter, tiefer Graben –, und die Kabelrolle krachte ihm in die Nieren. Dann folgte noch ein flattriger Luftstrom und ein weiteres *Wumm* – diesmal näher, und in der entsetzlichen Stille vor dem nächsten Geschoss ertönten die unvermeidlichen Stimmen: »Acht-Achter« und: »Weiter, Männer, los, weiter.« Miller hatte den Kopf gerade so weit gehoben, dass er Shanes Stiefel vor sich auf der Erde ausgestreckt sah und sie mit den Fingern hätte berühren können. Wenn die Stiefel sich regten, würde auch er sich in Bewegung setzen. Der nächste Einschlag war viel lauter – *Wumm!* –, und Miller spürte, wie etwas gegen seinen

Helm stieß und auf seinen Rücken spritzte. Von der anderen Straßenseite ertönte eine zittrige, fast reumütige Stimme: »Sani? Sanitäter?«

»Wo? Wo bist du?«

»Hier drüben, hier ist er.«

»Weiter, Männer.«

Shanes Stiefel bewegten sich, Miller rappelte sich auf und folgte ihm vornübergebeugt, das Gewehr in der einen und die Kabelrolle in der anderen Hand. Beim nächsten flattrigen Luftstrom warfen sich Shane und Miller beide rechtzeitig zu Boden – *Wumm!* –, dann sprangen sie schnell wieder auf und rannten. Alle rannten jetzt. Auf der anderen Straßenseite kippte eine neue Stimme von Bariton in ein wildes Falsett: »Oh-oh-oh! Oh! Oh! Da kommt Blut, Blut kommt raus, es kommt raus, *es kommt raus!*«

»Ruhe!«

»Bringt den Mistkerl zum Schweigen!«

»*Ich blute! Ich* BLUTE!«

»Wo? Wo bist du?«

»Weiter, Männer. Los, weiter.«

Shanes Rücken lief im Dunkeln weiter, scherte nach rechts aus, wieder hinauf auf die kahle Straßendecke und rannte dann noch schneller geradeaus. Miller verlor ihn aus den Augen, lief schneller und fand ihn wieder. Aber war das derselbe Rücken? War der hier nicht viel zu groß? Wieder ein flattriger Luftstrom, der Rücken warf sich auf die Straße, Miller fiel neben ihn – *Wumm!* –, und dann packte er seine Schulter. »Shane?«

»Falscher Mann, Kumpel.«

Miller lief wieder los. Beim nächsten Luftstrom duckte er sich krampfhaft, ohne sich hinzuwerfen – *Wumm!* –, und rannte dann weiter. »Shane? Shane?« Er wurde langsamer, um mit einem kleinen Mann – einem Lieutenant, wie er an dem weißen Fleck am Helm sah – in Gleichschritt zu fallen, der im Laufen »Weiter, Männer« über die Schulter rief. Mit absurder Höflichkeit fragte er: »Entschuldigung, Sir, können Sie mir sagen, wo der Fernsprechtrupp ist?« »Leider nicht, Soldat. Bedaure.« Wenigstens war auch der Lieutenant so durcheinander, dass er lachhaft höflich war. »Los, weiter, Männer.«

Miller überholte ihn und rannte dann über die Straße. Auf dem Scheitelpunkt kam ein weiterer flattriger Luftstrom, und er warf sich wie ein Baseballspieler, der auf die Homeplate schlittert, gerade noch rechtzeitig auf die andere Seite – *Wumm.* Jemand lag auf dem Bauch im Straßengraben. »He, Kumpel, hast du den Fernmeldetrupp gesehen?« Keine Antwort. »He, Kumpel ...« Immer noch keine Antwort; vielleicht tot, oder vielleicht bloß halbtot vor Angst. Miller rannte wieder, und erst viel später dachte er: vielleicht auch verwundet. Mein Gott, ich hätte dableiben und seinen Puls fühlen, einen Sanitäter rufen sollen. Doch er rannte wieder über die Straße, warf sich jetzt nur noch wegen der Granaten hin – *Wumm!* –, mitunter lief er auch einfach weiter und dachte: Mein Gott, bin ich mutig – sieh doch, ich bin auf den Beinen, und alle anderen liegen am Boden. Er war sich sicher, dass er noch nie so schnell gelaufen war. Die Straße endete – bog nach rechts ab oder irgendwas –, und er lief mit den anderen geradeaus weiter, einen breiten, schlammigen Abhang hinunter. Das Sperrfeuer war jetzt größtenteils hinter ihm, zumindest schien es so. Dann kam die Brücke, auf der sich Männer drängten – »Immer mit der Ruhe, Leute ... immer mit der *Ruhe*« –, und dann der jähe, kalte Schock von Wasser an seinen Beinen. Direkt vor ihm stürzte ein Mann mit lautem Platschen kopfüber hinein, und zwei, drei andere blieben stehen, um ihm aufzuhelfen. Das Ufer bestand zunächst wie auf der anderen Seite aus Schlamm, doch dann erhob sich eine Stützmauer aus Stein oder Beton fünf, sechs Meter hoch in die Dunkelheit. Jemand murmelte: »Leitern ... Leitern«, und mit tastenden Fingern fand Miller die dunklen Holzsprossen an der Mauer. Er schlang sein Gewehr um die Schulter, schob den anderen Arm schwerfällig durch das Tragekabel der Rolle, um beide Hände frei zu haben, und begann dann hinaufzusteigen, sich dunkel weiterer Leitern auf beiden Seiten und weiterer dort hinaufsteigender Männer bewusst. Ein Stiefel trat ihm auf die Finger, und er spürte andere Finger unter seinem eigenen Stiefel. Die Sprossen endeten kurz vor dem oberen Mauerrand, und einen Augenblick geriet er ohne Halt heftig ins Taumeln, ehe sich ihm zwei Hände entgegenstreckten, um ihm hochzuhelfen. »Danke«, sagte er, kniete sich auf den Rand der Böschung, und der Mann lief davon. Miller drehte sich um und griff nach unten, um die Hände des nächsten Mannes zu ergreifen, und der sagte ebenfalls »Danke«. An der ganzen Böschung herrschte aufgeregtes, atemloses Stimmengewirr: »... Hier lang ...« »... Wo denn? ...« »... Hier drüben ...« »... Wo zum Teufel sollen wir jetzt hin? ...« Sie waren auf einem gepflügten Acker; der unebene Boden gab unter Millers Stiefeln nach wie ein weicher Schwamm. Er folgte den Geräuschen und Schatten und rannte wieder, während die Granaten über seinen Kopf hinwegflogen, um – *Wumm ... Wumm ... Wumm ...* – ein gutes Stück hinter ihm am anderen Ufer des Kanals einzuschlagen. Und dort auf dem Acker war es, dass plötzlich Wilsons Stimme fragte: »Miller? Bist du das?«

»Wilson? Na Gott sei Dank!«

»Wo zum Teufel warst du?«

»Wo ich war – mein Gott, ich hab die ganze Hölle nach euch abgesucht!«

»Sprich nicht so laut. Hast du die Kabelrolle?«

»Na klar.«

»Verlier sie nicht. Und bleib diesmal um Himmels willen bei uns. Komm.«

»Was ist passiert, als Sie auf die andere Seite gelangt waren?«, fragte Tom Brace.

Miller schloss die Augen und ließ die Hand darübergleiten. »Als wir die Stützmauer erklommen hatten, befanden wir uns auf einem gepflügten Acker.«

»Stützmauer? Sie meinen, Sie mussten eine verdammte *Mauer* raufklettern? Da, wo wir waren, gab's so was nicht.«

»War gar nicht schlimm«, sagte Miller, »denn da standen überall Leitern.«

Brace zog die Stirn kraus und versuchte sich das Ganze vorzustellen. »Leitern? Kommt mir aber seltsam vor, dass die Deutschen die nicht umgestoßen haben«, sagte er. »Könnten sie nicht von Ihren eigenen Leuten aufgestellt worden sein?«

»Na ja, kann schon sein, jetzt, wo ich drüber nachdenke«, sagte Miller. »Ich kann mich leider nicht mehr erinnern.« Unsicher über die Brücke; unsicher über die Leitern – das war wirklich eine Nacht voller Unsicherheiten. »Jedenfalls überquerten wir diesen großen gepflügten Acker und stießen, wenn ich mich recht erinnere, auf keine weiteren Probleme mehr, bis wir zu der kleinen Stadt auf der anderen Seite des Felds gelangten, die für diese Nacht unser Ziel war. Dort gerieten wir unter Gewehrbeschuss, doch das war wohl eher ein Rückzugsgefecht.«

»Verstehe«, sagte Brace.

»Aber wie gesagt, meine Einheit musste sich bloß um die Kabelrollen kümmern; danach brauchten wir uns nur noch einen Ort zu suchen, an dem wir uns ausruhen konnten.«

Im schwachen Blau des ersten Tageslichts kauerten sie im Schutz einer Mauer, lauschten dem Rattern der Maschinengewehre und warteten darauf, aus dem Fernmeldetrupp entlassen zu werden. Da sagte Wilson plötzlich: »Kavic will dich sprechen, Miller«, und Miller lief zu der Stelle, wo Kavic, das Gesicht ausgemergelt vor Müdigkeit, den Helm auf seinem schmalen Schädel verwegen zur Seite gekippt, an der Mauer saß und wartete.

»Miller, was zum Teufel war denn mit dir da hinten am Kanal los?«

»Bei dem Granatfeuer hab ich Shane aus den Augen verloren.«

»Warum kannst du eigentlich nicht mit den anderen mithalten?«

»Das war keine Frage des Mithaltens, Kavic, ich ...«

»Okay, vergiss es, Miller. Ich will's mal so formulieren: Du machst mir mehr Schwierigkeiten als alle übrigen Männer in diesem Trupp zusammengenommen. Du machst mir mehr Mühe, als du wert bist. Hast du darauf was zu sagen?«

»Meiner Erinnerung nach«, sagte er zu Tom Brace, »fanden wir ein leer stehendes Haus und legten uns darin schlafen. Abgesehen vom Wachestehen haben wir etwa vierundzwanzig Stunden am Stück geschlafen, und als wir aufwachten, war die Stadt geräumt. Sie war der Gefechtsstand des Bataillons, und unsere eigene Kompanie befand sich ein paar Kilometer weiter.«

»Aha«, sagte Brace.

»Bitte sehr, die Herren«, rief Nancy Brace. »Auf Kosten des Hauses.« Sie brachte ein Tablett mit vier Martinis.

»Gut gemacht«, sagte Brace. »Vielen Dank, Liebes.«

Miller trank gierig, in der Hoffnung, das Bild von Kavic verscheuchen zu können.

»Hab ich etwa den besten Teil der Geschichte verpasst?«, fragte Nancy.

»Ach, es gab gar keine Geschichte, wie immer«, sagte Betty. »Anscheinend hat mein Mann vierundzwanzig Stunden am Stück geschlafen.« Sie führte das Glas an ihre hübschen Lippen und trank einen Schluck. Dann fragte sie strahlend: »Aber was ist *Ihnen* an diesem Kanal passiert, Tom? Das Letzte, was wir von Ihnen erfahren haben, war, dass Sie in einem schaukelnden Boot saßen und auf Sie geschossen wurde. Sagen Sie bloß nicht, Sie hätten sich auch schlafen gelegt.«

»Tja«, sagte Brace, »das hat zumindest noch ein Weilchen gedauert. Es war eine schlimme Nacht. Wir standen nicht unter Artilleriebeschuss, da hatten wir mehr Glück als Sie, Lew, und wir mussten auch keine Mauern raufklettern, aber wie gesagt, da waren diese beiden deutschen Maschinengewehre oben am Ufer, und die waren schlimm genug. Wie wir's ans andere Ufer geschafft haben, werde ich nie erfahren. Ich hatte einen verdammt guten Sturmgewehrschützen. In Nullkommanichts hatte er das alte Browning-Automatikgewehr schussbereit und feuerte, direkt vom Boot. Auf die Weise geriet niemand in Panik, auch wenn zwei, nein, drei von den Jungs getroffen wurden und zwei von ihnen starben. In dem Boot hinter uns gerieten alle in Panik und stürzten ins Wasser, die ganze verdammte Ausrüstung auf dem Rücken und alles. Einige sind ertrunken, und die übrigen waren zu nichts zu gebrauchen, als sie das Ufer erreichten. Das dritte Boot hatte es etwas leichter, denn inzwischen hatten unsere eigenen Leute am anderen Ufer ein paar Maschinengewehre in Stellung gebracht und konnten uns Deckung geben. Aber eins kann ich Ihnen sagen: Als wir schließlich ans Ufer gelangten, war das ein verdammt einsamer Ort.«

»Was haben Sie da bloß gemacht?«, fragte Betty.

»Irgendwie mussten wir diese verdammten Gewehre ausschalten«, sagte Brace. »Was wir brauchten, war Mörserbeschuss, aber den konnte ich nicht anfordern, denn unser Funkgerät war kaputt, oder der Funker hatte so eine Angst, dass er's nicht richtig bedienen konnte. Natürlich ging ich davon aus, dass unsere Leute drüben so viel Verstand hatten, von selbst mit dem Mörserbeschuss anzufangen, aber so ungeschützt, wie wir waren, hatten wir keine Lust, darauf zu warten, bis sie sich entschieden hatten.« Brace hielt inne und stellte sein leeres Glas auf den niedrigen Tisch hinter ihm. Er zog eine Schachtel Zigaretten hervor, schnippte eine heraus, steckte sie sich zwischen die Lippen und beugte sich vor, um sich von seiner Frau Feuer geben zu lassen. »Es war einer dieser Momente«, sagte er, »in denen man was total Idiotisches tun muss, ohne groß nachzudenken, damit die eigenen Männer nicht völlig den Kopf verlieren. Das Problem ist, dass man so tun muss, als hätte man alles im Griff. Also machte ich Folgendes: Wir waren ganz nah an einem der deutschen Gewehre, und an den Leuchtspuren konnte ich erkennen, dass es ziemlich damit beschäftigt war, sich gegen den Beschuss vom anderen Ufer zu verteidigen, deshalb ließ ich den Sturmgewehrschützen, von dem ich Ihnen erzählt hab, auf das andere Gewehr weiter unten feuern – ich musste ihn nicht groß überreden; er war ein verdammt guter Mann –, und ich kroch bis auf etwa zwanzig Meter an das nähere Gewehr heran und schleuderte Handgranaten. Glück? Ich muss sagen, so viel Glück hatte ich noch nie. Nach der zweiten

Granate verstummte das Gewehr, und die beiden Deutschen waren mausetot. Ungefähr zur selben Zeit begann unser Mörserbeschuss auf das andere Gewehr, und wir mussten bloß in Deckung gehen und durchhalten, bis der Rest unserer Leute rüberkam.«

»Mein Gott«, sagte Betty.

»War das nicht der Tag, an dem dir der Silver Star verliehen wurde, Liebling?«, fragte Nancy Brace.

Brace lachte und zwinkerte Miller zu. »Ist das nicht typisch Frau?«, sagte er. »Das ist das Einzige, was sie an der Geschichte interessiert.«

»Mein Gott«, sagte Betty, »für mich klingt das, als hätten Sie mehrere Silver Stars verdient.«

»Und was macht ihr gerade?«, fragte die Gastgeberin, die plötzlich durch den dichten Zigarettenrauch kam. »Fechtet ihr den Krieg noch mal aus? Oder plant ihr schon den nächsten?«

»Wir sind noch beim letzten«, sagte Nancy Brace, »doch jetzt ist der Tag der Befreiung, und es wird Zeit, nach Hause zu gehen.« Mit klirrenden Armbändern hakte sie sich bei ihrem Mann ein und lächelte ihn an. »Wie sieht's aus, Lieutenant?«

»Aber ihr könnt noch nicht gehen«, sagte die Gastgeberin. »Ihr müsst bleiben und den nächsten Krieg planen. Was bringt es, den letzten Krieg auszufechten, wenn ihr nicht bleibt und den nächsten plant?« Sie hatte eindeutig zu viele ihrer eigenen Martinis getrunken.

»Das nennt man wohl einen strategischen Rückzug«, sagte Brace. »Stimmt's, Liebes? Nein, es war eine tolle

Party, aber wir müssen jetzt wirklich los. Ich hole die Mäntel, Liebes.«

»Oh, guck mal, wie spät es ist«, sagte Betty. »Ich glaube, wir sollten auch langsam gehen, Liebling. Holst du bitte unsere Sachen?«

»Ihr meint, ihr geht jetzt *alle*?«, fragte die Gastgeberin. »Aber wer bleibt denn dann und hilft mir, den nächsten Krieg zu planen?«

Miller nickte lächelnd, trat einen Schritt zurück, drehte sich dann um und folgte Brace in ein dunkles Schlafzimmer, wo die Mäntel der Gäste wirr auf dem Bett lagen. Brace hatte seinen eigenen Mantel schon an und den Pelz seiner Frau überm Arm, und als Miller ins Zimmer kam, richtete er sich auf und drehte sich um. »Ist das Ihrer, Lew?«, fragte er und hielt Millers Überzieher hoch. Wie er da in Braces Hand hing, zerknittert und nicht ganz sauber, sah er irgendwie trostlos aus.

»Ja«, sagte Miller, »das ist er. Das da ist mein Hut, und da drüben, am Fußende, liegt Bettys Mantel. Der da. Danke, Tom.«

Als sie herauskamen, warteten die beiden Frauen schon an der Wohnungstür. »Die Nettigkeiten sind abgehakt«, sagte Nancy Brace, »jetzt müssen wir bloß noch verschwinden.«

»Braves Mädchen«, sagte Brace.

Sie gingen hinaus und stiegen eine saubere, mit Teppichen ausgelegte Treppe zur Straße hinunter. »Oh, es regnet«, stöhnte Betty Miller, als sie dicht gedrängt in der Tür standen. »Da finden wir nie ein Taxi.«

Tom Brace trabte die drei nassen Stufen zum Gehsteig hinauf, schlug den Mantelkragen hoch und spähte auf der schimmernden dunklen Straße in beide Richtungen. »Da kommt eins«, sagte er. »*Taxi!*«

»Ach, Sie sind wunderbar, Tom«, sagte Betty Miller.

Als das Taxi am Bordstein hielt, sprang Brace zur hinteren Tür, riss sie auf und rief: »Nehmt ihr es, Lew. Ich laufe zur nächsten Straße und besorge uns auch eins.«

»O nein«, sagte Miller, »das ist doch nicht nötig, ich ...« Doch Brace war schon weg und sprintete mit der leichtfüßigen Eleganz eines Sportlers die Straße entlang. »Gute Nacht«, rief er zurück. Miller drehte sich zu Nancy Brace um: »Nein, hören Sie, es gibt keinen Grund, warum Sie ...«

»Ach, seien Sie nicht albern«, sagte sie. »Fahren Sie nur, beeilen Sie sich.«

Betty saß schon im Taxi. »Komm jetzt, Lew«, sagte sie, »Herrschaftszeiten!«

»Tja, da kann ich wohl nichts ...«, sagte er einfältig lachend. »Gute Nacht.« Dann rannte er über den Gehsteig, stieg ein und zog die Tür zu. Er nannte ihre Adresse und sank neben seine Frau, während das Taxi losfuhr.

»O Gott«, sagte Betty müde, »ich war ja schon auf vielen langweiligen Partys, aber *die* hat den Vogel abgeschossen.« Sie seufzte und lehnte sich mit geschlossenen Augen in die Polster.

»Diese eingebildeten Braces. Liebling, warum lässt du dich im Gespräch von so einem Wichtigtuer in den Schatten stellen?« Sie hatte den Kopf aus den Polstern gehoben und fixierte ihn wütend im Dunkeln. »Es ist immer dasselbe. Du stehst bloß stumm da und duldest, dass ein grässlicher Angeber wie Tom Brace uns die Ohren vollquatscht. Du lässt dich von diesen Leuten *total* in den Schatten stellen.«

»Betty«, sagte Miller. »Tust du mir einen Gefallen?« Er beobachtete, wie sich ihr Stirnrunzeln im Licht der vorbeigleitenden Straßenlaterne in einen gekränkten Blick verwandelte. »Halt den Mund. Halt bitte einfach den Mund.«

EINE KRANKENHAUSROMANZE

Der neue Patient war ein großer, breitbrüstiger, etwa dreiundzwanzigjähriger Mann, der gar nicht krank aussah. Doch als er eines Junitags während der Mittagsruhe auf Zehenspitzen in die Aufnahmestation geschlichen kam und auf das leere Bett neben Frank Garvey zusteuerte, wusste dieser sofort, dass er kein Neuling war. Erstpatienten sahen schüchtern aus, wenn sie im Krankenhausschlafanzug zu Fuß oder im Rollstuhl in das lange, hohe Zimmer kamen. Sie ließen den Blick beklommen über die Reihen horizontal ausgestreckter Männer in zerzausten Laken wandern, über die Sputumbecher und Kleenexschachteln und Fotos von Ehefrauen, bevor sie sich zögernd dem frischen Bett ergaben, das ihnen gehören würde, und gewöhnlich begannen sie sofort, Fragen zu stellen (»Wie lange sind *Sie* schon da? Achtzehn *Monate*? Nein, aber wie lange dauert die Behandlung *im Durchschnitt*?«).

Doch der hier kannte sich aus; ein paar von den alten Hasen im hinteren Teil der Station winkten und grinsten ihm zu, das war der Beweis. Er befolgte die Vorschriften der Mittagsruhe und ließ besondere Vorsicht walten, seine zusammengelegten Kleidungsstücke möglichst geräuschlos in den Nachttisch zu räumen. Und als er sah, dass Garvey wach war, streckte er ihm die Hand entgegen. »Warum auf eine formelle Vorstellung warten?«, raunte er mit einem jungenhaften Lächeln, das die strenge irische Zähigkeit seines Gesichts abmilderte. »Ich heiße Tom Lynch.«

»Frank Garvey; erfreut, Sie kennenzulernen. Waren Sie schon mal hier?«

»Beim ersten Mal fünfzehn Monate; dann hatte ich die Schnauze voll und hab mich selbst entlassen. Das war vor fünf Monaten.« Er lächelte wieder. »Ich hab fünf Monate Urlaub gemacht.«

Miss Baldridge, die Stationsschwester, stand in der Tür und unterbrach sie mit einem schrillen Befehl, der mehrere andere Männer aus dem Schlaf riss. »Okay, Lynch, Schluss mit dem Reden und ab ins Bett. Du weißt doch genau, dass du vor drei nicht rumquasseln oder Lärm machen darfst.«

Lynch schwang seine Körpermasse herum, um sie entrüstet anzusehen. »Hören Sie, wir haben gar keinen ...« Sie brachte ihn mit einem zischenden »Schhht!« zum Schweigen, kam ins Zimmer und zeigte mit starrem Finger auf sein Bett. »Leg dich hin, Junge!«

Gemächlich streifte er die Hausschuhe ab und glitt unters Laken. Miss Baldridge stand da und beobachtete ihn, die Hände in die Hüften gestemmt, bereit, ihn beim nächsten Anzeichen von Unverschämtheit ein letztes Mal anzuschreien: »Das werde ich melden!« Sie war Major bei der Army gewesen, legte Wert auf strenge Disziplin und hatte an allen Schwestern, die zurzeit auf ihrer Station arbeiteten, etwas auszusetzen, besonders an einer hübschen jungen Blondine namens Miss Kovarsky, die die Patienten mit Mister anredete und sich in aller Ausführlichkeit ihre Beschwerden anhörte, und an diesem Tag war Miss Baldridge in Hochform. Am Morgen hatte sie den Radios befohlen, still zu sein, während sie den Mittelgang entlangschritt und den mehr als zwanzig Männern auf der Station einen Vortrag über Glück hielt. Wenn man schon Tuberkulose bekommen müsse, meinte sie, könne man sich glücklich schätzen, dass die Veterans Administration sich um einen kümmere, und erst recht, dass man in diesem speziellen Krankenhaus, ganz nah an New York und mit erstklassigem Personal, untergekommen sei. Deshalb, so hatte sie mit einem triumphierenden Blick in ihren kleinen Augen, die über dem Rand der vorgeschriebenen Leinenmaske hervorschauten, betont, sei das Mindeste, was sie tun könnten, zu *kooperieren*. Garvey, der früher Englischlehrer gewesen war und den größten Teil seiner Zeit mit Lesen verbrachte, wurde in zwei Punkten gerügt – wegen des unordentlichen Bücherstapels auf seiner Fensterbank (er habe Glück, dass er überhaupt Bücher dahaben dürfe) und wegen der Zigarettenasche, die neben seinem Bett auf dem Fußboden lag (er habe Glück, dass man ihm erlaube zu rauchen; in den meisten Tb-Krankenhäusern verstoße das gegen die Vorschriften). Und obschon Garvey sich nicht reumütig zeigen wollte, hatte er weder Lust, sie töricht anzulächeln, noch, die Beherrschung zu verlieren, denn beides hätte das Ganze nur schlimmer gemacht. Es gab keine Rechtfertigung, hatte er voller Grimm erkannt, und es gab auch keine Rechtfertigung für den massigen, freundlichen Fremden im Nachbarbett, der genau wusste, dass er vor drei nicht rumquasseln durfte, und jetzt schwitzend auf dem Rücken lag und sich beherrschte. Es war nichts zu hören außer den Atemgeräuschen und dem Brummen von Insekten, die jenseits der herabgelassenen Jalousien auf die Fliegengitter einstürmten, in wütender Enttäuschung dagegenstießen und dann davonschwirrten.

Zufrieden machte Miss Baldridge auf den Gummisohlen kehrt und begab sich zur Tür.

»Schalten Sie morgen wieder ein«, sagte eine leise Stimme auf der anderen Seite des Gangs im klangvollen Ton eines Radioansagers, »und hören Sie ein weiteres herzerwärmendes Kapitel im Leben von – Pru Baldridge, Armeeoffizierin.« Sie hielt nur einen Sekundenbruchteil in ihrem steifen Abgang inne, doch das reichte, um deutlich zu machen, dass sie sich getroffen fühlte, gab dann ihren Impuls zurückzuschlagen zugunsten eines raschen Rückzugs auf und tat so, als hätte sie nichts gehört. Als sie sich der Tür näherte, wurde die Stimme lauter, jetzt begleitet von einem kaum unterdrückten Gelächter auf der ganzen Station: »Kann eine Soldatin in einem Veteranenkrankenhaus ihr Glück finden?« Es war Costello, früher Verkäufer und Fliegerschütze, und er hatte einen glatten, vernichtenden Sieg erzielt. Ringsum erhob sich johlendes Gelächter; er setzte sich im Bett auf und verbeugte sich spöttisch.

»Danke«, raunte Lynch hörbar über den Gang.

»Keine Ursache«, sagte Costello. »Jederzeit gern.« Er war ein schmächtiger, dunkelhaariger Mann von dreißig Jahren, dessen Gesicht vorzeitig von Lachfältchen zerknittert war. Auch wenn er erst ein paar Monate da war, reichte seine Geschichte vom freiwilligen oder unfreiwilligen Verlassen diverser Krankenhäuser bis zum Ende des Krieges zurück.

Coyne, ein großer, pickliger Junge, dessen Bett neben dem von Costello stand und dem Costellos Scherze immer gefielen, egal, ob sie witzig waren oder nicht, war inzwischen fast ohnmächtig vor Lachen, sein Gesicht puterrot, sein Bett ein einziges Beben. Um drei Uhr, als Miss Baldridge wiederkam, um das Ende der Mittagsruhe zu verkünden, grinste er immer noch. »He, Miss Baldridge«, fragte er, »kann eine Soldatin in einem Veteranenkrankenhaus ihr Glück finden?«

»Ach, Coyne«, sagte sie, »werd um Himmels willen endlich erwachsen.« Dann zog sie die Jalousien rauf und ließ die strahlende Nachmittagssonne herein. Ihr folgte ein schlecht gelaunter Pfleger, der an die Männer Thermometer verteilte, und Miss Kovarsky ging anmutig von Bett zu Bett und maß bei allen den Puls.

»Wie geht's Ihnen heute, Mr Garvey?« Miss Kovarskys Stimme war leise, ihre schmalen Finger lagen kühl auf Garveys Handgelenk.

»Gut, danke.«

Sie lächelte ihn an oder kniff zumindest über der weißen Maske die Augen zusammen, und dann ging sie weiter zu Lynchs Bett.

Im Nu liefen die Radios wieder, es ertönten Berichte von verschiedenen Baseballspielen, und das Husten, Lachen und Geplapper der Station hub an. Den größten Teil des Nachmittags drehte sich alles um Lynch; die, die ihn kannten, sahen sich genötigt, ihn aufs Neue willkommen zu heißen, und die anderen mussten ihn in die Gruppe aufnehmen. Zuerst wurde er von den alten Hasen umringt, Männern, die schon seit Jahren in der Aufnahmestation lebten und deren Erinnerungen weit zurückreichten. Nachdem sie ihn, kichernd und sich mit schlaffen Fingern kratzend, beim Krankenhausklatsch auf den neuesten Stand gebracht hatten, und während einer von ihnen, der alte Mr Mueller, davonschlurfte, um die Nachricht von seiner Rückkehr auf den anderen Stationen zu verbreiten, tauschte Lynch mit Costello, Coyne und einigen der anderen jungen Männer, die nach seiner Zeit hergekommen waren, Namen und Informationen aus. Dann kam Mr Mueller mit einer begeisterten Gruppe gehfähiger Patienten zurück, die Garvey nicht kannte und von denen manche Uniformen aus grünem Baumwollstoff trugen. Sie sagten, dass es ihnen leidtue, Lynch wieder hier zu sehen, dass es hart sein müsse, wieder in der Aufnahmestation zu sein, genau da, wo er angefangen habe, und dann setzten sie sich, um von den alten Zeiten zu reden, von Bierpartys in der Latrine und heimlichen Besuchen in nahegelegenen Bars (die Stationen lagen im Erdgeschoss, und in den Latrinen gab es Notausgänge). Sie sprachen über unzählige gute Männer, denen es besser oder schlechter ging, die rausgeworfen worden oder so verrückt waren wie eh und je oder jetzt »drüben in der Chirurgie« lagen, und über ein, zwei dieser guten Männer, die gestorben waren. Garvey setzte seine Brille auf und begann zu lesen.

Kurz vor dem Abendessen löste Miss Baldridge die Versammlung auf. »Okay, geht zurück, wo ihr hingehört«, sagte sie. »Alle.« Als sie gegangen waren, schnippte Lynch eine Zigarette aus der Schachtel und hielt sie Garvey hin.

»Wie lange bist du schon hier, Frank?«

In der Aufnahmestation sprach man sich fast nie mit dem Vornamen an, und Garvey empfand eine überraschend tiefe Freude über die Freundlichkeit des jungen Mannes. »Drei Monate«, sagte er, »ich stehe noch ganz am Anfang.«

»Du hast das Schlimmste überstanden«, versicherte Lynch ihm. »Ich weiß, dass es für mich die schlimmste Phase war. Danach verstreicht die Zeit schneller. Man gewöhnt sich an dieses Leben; man lernt andere Leute kennen.«

»Irgendeine Ahnung, wie lange du diesmal dableiben musst? Haben sie dir irgendwas gesagt?«

»Sie haben gesagt, ich hätte eine neue Kaverne und wär wieder positiv, das heißt, dass sie schnippeln wollen. Wahrscheinlich behalten sie mich zwei, drei Monate hier, ich muss Bettruhe halten, und dann komme ich in die Chirurgie rüber. Wie lange, lässt sich nicht sagen. Ein Jahr, vielleicht auch länger.«

Mit »schnippeln« meinte er eine Lobektomie, die Entfernung eines Lungenlappens und der umgebenden

Rippen; das war alles, was Garvey darüber wusste, außer dass man danach für gewöhnlich einen eingefallenen Brustkorb und eine schiefe Schulter hatte und es oft zu Komplikationen führte. Es war durchaus möglich, dass auch Garveys Erkrankung eine Operation erforderlich machte, doch darüber wollte er nicht nachdenken. »Tja«, sagte er, »hoffentlich dauert's nicht so lange bei dir. Wie heißt du noch mal mit Vornamen?«

»Tom.«

Beim Essen und den Rest des Abends unterhielten sie sich; falls die Zeit tatsächlich schneller verging, wenn man unterschiedliche Leute kennenlernte, war es vielleicht gut, sie kennenzulernen. Sie tauschten ihre Geschichten übers Krankenhauspersonal aus, waren sich einig, dass Miss Baldridge ein harter Brocken, die meisten anderen Schwestern und Pfleger aber in Ordnung waren, doch einer der Nachtpfleger ging Lynch gegen den Strich – ein kleines weibisches Schlitzohr namens Cianci, der angeblich einmal versucht hatte, sich an ihn ranzumachen. »Ich hab ihm gesagt: ›Hör mal, Freundchen, wenn du Spielchen machen willst, bist du bei mir an der falschen Adresse, verstanden? Ab jetzt solltest du mir lieber aus dem Weg gehen.‹« Dann sprachen sie über draußen, und Lynch erzählte von seinem Vater, der bei der Feuerwehr gewesen war, und seinem kleinen Bruder, der Boxprofi werden wollte. Er fragte Garvey übers Unterrichten aus und sagte, diesen Beruf hätte er auch gern ausgeübt; als Jugendlicher habe er überlegt, zu den Jesuiten zu gehen, und später, sich für eine normale Lehrtätigkeit zu qualifizieren, aber inzwischen sei es natürlich zu spät. Er hätte nach der Navy mithilfe der GI-Bill aufs College gehen sollen, statt seine Zeit damit zu verplempern, in einem Supermarkt zu arbeiten oder samstags als Halbprofi Football zu spielen, bis ihn die Krankheit einholte.

Doch während Lynch auf das Thema zusteuerte, es antippte, schüchtern innehielt und seine Zigarette betrachtete, wurde immer klarer, dass er eigentlich über seine Freundin sprechen wollte. »Wir sind erst zusammengekommen, als ich wieder zu Hause war«, sagte er, nachdem Garvey ihm auf die Sprünge geholfen hatte. »Ist mir inzwischen ziemlich ernst. Ich weiß, das klingt kitschig, aber ich hab nicht gewusst, dass ich so verrückt nach einem Mädchen sein könnte. Ich kann an nichts anderes mehr denken. Keine Ahnung, sie ist ...« Behutsam strich er mit der Hand das Bettlaken glatt, und vielleicht fand er, dass es keine Worte gab, die für das, was er sagen wollte, feinfühlig genug waren. Plötzlich grinste er. »Jedenfalls will ich bloß noch heiraten. Sobald die Krankheit eingedämmt ist und ich hier rauskomme, werde ich meine Rente in Anspruch nehmen, mir vielleicht einen simplen Teilzeitjob suchen, und dann heirate ich. Du bist doch verheiratet, oder, Frank?«

Garvey bejahte und sagte, er habe zwei Kinder.

»Jungen?«

»Ein Junge und ein Mädchen.«

»Das ist schön, ein Junge und ein Mädchen. Kommen sie dich hier besuchen?«

»Meine Frau; die Kinder sehen sie hier nicht gern. Sie kommt morgen«, setzte er hinzu. »Du wirst sie kennenlernen. Und vielleicht lerne ich auch deine Freundin kennen.«

Lynch blickte rasch auf. »Nein«, sagte er, »sie kommt nicht. Das ist nicht möglich.«

»Zu weit?«

»Nein, sie wohnt drüben in Jersey, das ist es nicht. Es ist einfach nicht möglich, das ist alles.« Es entstand eine betretene Pause. »Hör zu, ich will nicht geheimnisvoll klingen oder so; versteh mich nicht falsch. Ich erklär's dir ein andermal.«

Verlegen sprachen sie eine Weile über etwas anderes, dann holte Lynch Stift und Papier hervor und schrieb einen Brief. Als um zehn Uhr das Licht ausging, war er noch immer zugange, zerriss Seiten und fing von Neuem an, und er musste ein Streichholz anzünden, um sein Schreibzeug wegräumen zu können. Es war wohl bereits nach Mitternacht, als Garvey durch ein wiederholtes unangenehmes, seltsam gedämpftes Geräusch geweckt wurde; in seinem Traum war es ein weit entfernt bellender Hund gewesen. Er schlug die Augen auf und lauschte. Es war ein Weinen, halb erstickt wie von einem Kissen, und es kam von Lynchs Bett.

Etwa eine Woche später, als das richtige Klima für Vertraulichkeiten zwischen ihnen zu herrschen schien, wurde Garvey eines Abends in das Geheimnis um das Mädchen eingeweiht. Und danach, für den Rest des langen Sommers, in dem sie auf Lynchs Operation warteten, waren sie durch ihr gemeinsames Geheimnis auf eine besondere Weise miteinander verbunden, stand er in einer besonderen Verantwortung.

Er hatte es beim Abendessen schon kommen sehen. Als die Tabletts abgeräumt wurden, kam Lynch herüber, um sich auf den Stuhl zwischen ihren Betten zu setzen, und schließlich rückte er mit der Sprache heraus. »Hör zu, Frank, das muss jetzt unter uns bleiben, verstanden? Ich glaube, ich drehe durch, wenn ich's keinem erzähle.« Er zog den Stuhl näher heran. »Dieses Mädchen, von dem ich dir erzählt habe. Das ist Kovarsky.«

»Wer?«

»Miss Kovarsky. Du weißt schon, die Schwester.«

»Das ist ja unglaublich, Tom«, sagte Garvey. »Gratuliere.«

»Hör zu, das darfst du auf keinen Fall irgendwem verraten, verstanden?«

»Ach was, keine Sorge; hab schon verstanden.«

»Wir sind erst zusammengekommen, als ich wieder zu Hause war«, fuhr Lynch im Flüsterton fort. »Hier hab ich noch nichts mit ihr gehabt. Die Sache ist die, es gibt da eine Vorschrift, die den Schwestern jeden privaten Kontakt zu Patienten untersagt, und die alte Baldridge hat's sowieso schon auf Mary abgesehen. Wenn wir nicht vorsichtig sind, könnte sie ihren Job verlieren. Verdammt, ich hätte es am liebsten allen erzählt. Ich war irgendwie stolz drauf, verstehst du?«

Garvey wollte etwas sagen, doch Lynch machte »Schhht!«, denn Costello kam, gefolgt von Coyne, über den Gang geschlendert.

»Lynch, alter Junge«, sagte Costello. »Wir brauchen eine Hose. Der Bursche hier hat wie ein braver Junge seine Kleidung abgeliefert, und jetzt braucht er eine

Hose. Du hast doch deinen Anzug noch im Nachttisch, oder?«

»Coyne?«, sagte Lynch. »Mensch, Coyne, du meinst, du gehst aus?« Auch Garvey war überrascht. Für Costello war das nichts Besonderes, doch Coyne hatte sich bisher gewissenhaft an die Vorschriften gehalten.

»Ach, bloß auf ein paar Gläser Bier«, sagte Coyne. »Zur Anwesenheitskontrolle um elf sind wir rechtzeitig wieder da.«

»Hör mal, Coyne, du kannst die Hose gern haben«, sagte Lynch, »wenn du willst, auch den ganzen Anzug, aber an deiner Stelle würde ich mir diesen Scheiß gut überlegen. Ich meine, du gehst heute Abend aus, dann willst du morgen Abend wieder ausgehen, und schon bald ...«

»Schon bald ist er genau wie ich«, fiel ihm Costello ins Wort. »Stimmt's, Lynch? Mit einem Fuß im Grab und mit dem anderen auf einer Bananenschale.« Er klopfte Lynch auf die Schulter und lachte. Coyne stimmte verlegen ein, und auch Lynch lachte kopfschüttelnd. »Ach, keine Sorge, Lynch, ich pass schon auf den Burschen auf. Ich bring ihn unversehrt wieder mit, versprochen. Professor Garvey hier ist dein Zeuge. Stimmt's nicht, Professor?«

Dann klemmte Coyne Lynchs blaue Hose verstohlen unter den Arm, und die beiden begaben sich zur Latrine. Lynch schüttelte wieder den Kopf. »Wahrscheinlich klingt das wie die Predigt einer alten Jungfer, aber die Sache gefällt mir nicht. Ich meine, ein lediger Mann, okay, soll er sich doch umbringen, wenn er will, aber

Coyne ist verheiratet und hat Verpflichtungen. Ich kann das nicht zulassen. Und das gilt auch für dich, du Mistkerl. Wenn ich sehe, dass du trotz deiner hübschen Frau deine Zeit verplemperst, schlag ich dir den Schädel ein.« Er lachte. »Unglaublich, was? Dabei hab ich hier früher richtig auf den Putz gehauen, wurde ständig gemeldet. Aber siehst du? Alles Marys Verdienst. Es ist, als wär ich schon mit ihr verheiratet.«

»Das ist gut«, sagte Garvey, »abgesehen davon, dass du's geheim halten musst. Ziemlich schwer zu ertragen, wenn sie jeden Tag da ist, kann ich mir vorstellen.«

»Geht schon. Erstens ist sie gar nicht jeden Tag da; die Hälfte der Zeit arbeitet sie auf den anderen Stationen. Und wenn sie hier ist, zwinkern wir uns zu und flüstern kurz miteinander, zum Beispiel, wenn sie mich mit dem Schwamm wäscht und so. Außerdem schreiben wir uns oft Briefe, und ich rufe sie an, wenn sie zu Hause ist. Nicht von dem transportablen Telefon hier auf der Station, an dem Scheißding kann man nicht ungestört reden. Ich benutze die Telefonzelle im Flur, weißt du? Die fürs Personal gedacht ist? Ich warte, bis niemand in der Nähe ist, und schleich mich dann heimlich rein. Aber irgendwie nervt das. Diese Woche hat sie zum Beispiel Nachtdienst. Vor ein paar Tagen dachte ich, ich geh gegen eins ins Schwesternzimmer, da bin ich vielleicht mal mit ihr allein. Mein Gott, vierzehn Mal waren Leute da, die ein Schlafmittel oder Kopfschmerztabletten haben wollten; wir hatten nicht die geringste Gelegenheit.«

»Willst du's noch mal probieren?«

»Ach, was bringt das schon? Das würde wieder genauso laufen. Außerdem sollte ich nach Mitternacht nicht mehr rumspazieren. Diesmal halte ich mich an die Vorschriften, und ab morgen geht sie sowieso wieder in den Tagesdienst.« Er gähnte und streckte die starken Arme, dann lehnte er sich mit nachdenklichem Blick zurück. »Das Einzige, was mich wirklich stört, ist die Art, wie ein paar von diesen Klugscheißern über sie reden. Du weißt ja, wie Männer über Schwestern reden – ›Mann, mit der würde ich's gern mal treiben‹ und so. Manchmal würde ich am liebsten aufstehen und sagen: ›Ruhe jetzt, ihr Scheißkerle. Die gehört mir.‹ Verstehst du, was ich meine?«

Als das Licht ausging, erzählte er flüsternd weiter von seiner Freundin und den fünf Monaten, die sie bisher zusammen waren. Von Anfang an hätten sie gemerkt, dass sie stundenlang bei ein paar Flaschen Bier einfach reden und sich amüsieren konnten, das sei ihm vorher noch nie bei einem Mädchen passiert. Und es habe Augenblicke gegeben, zum Beispiel an langen Nachmittagen auf einer Sanddüne oder an den Abenden in der köstlichen, dunklen Verborgenheit ihres geparkten Autos, in denen Lynch sich halbkrank gefühlt habe, weil er wusste, dass er noch nie so glücklich gewesen war. Doch er sei bei ihr nicht »bis zum Letzten gegangen«. »Ich hätte es tun können«, sagte er. »Zwanzig Mal hätte ich's tun können, wir waren so kurz davor – das sag ich nicht, um anzugeben oder irgendwas, ich meine bloß, dass ich's problemlos gekonnt hätte –, aber ich hab's nicht getan, und ich glaube, das hat ihr an mir gefallen. Die anderen Männer, mit denen sie aus war, haben offenbar alles unternommen, um bei ihr ans Ziel zu gelangen, und sie hatte das einfach satt. Ich hab gesagt: ›Liebling, ich kann warten. Ich weiß, wann es sich lohnt zu warten.‹ Das hat ihr anscheinend gefallen.«

Coyne und Costello waren bei der Anwesenheitskontrolle noch nicht zurück, doch zum Glück waren um elf Uhr noch andere Betten leer, und in der Latrine waren Stimmen zu hören, sodass Mrs Fosdick, die Schwester, die Spätdienst hatte, es bei dem vertrauten Ruf durch die Latrinentür bewenden ließ: »Ich will, dass in fünf Minuten alles im Bett liegt.« Doch als sie eine Stunde später kurz vor ihrem Dienstschluss wiederkam, meinte sie es ernst. Diesmal richtete sie ihre Taschenlampe auf Coynes leeres Bett, und Lynch versuchte, ihn zu decken. »Coyne ist auf der Latrine, Mrs Fosdick.«

»Ach ja? Und was ist mit Costello?«

»Der wohl auch.«

»Besser wär's«, sagte sie, und die Taschenlampe entfernte sich. Mrs Fosdick war eine gedrungene Witwe mittleren Alters, die ihre Arbeit genau so machte, wie es Miss Baldridge gefiel, und alle sagten, sie würde ihre Nachfolgerin werden, wenn Miss Baldridge wieder zur Army ging. »Coyne?«, rief sie. »Costello? Seid ihr da drin?«

Mit gedämpfter Stimme rief jemand »Ja« und »Klar«, und kurz darauf kamen die beiden heraus und torkelten kichernd durch die dunkle Station. »Mein Gott, das war knapp«, raunte Coyne Lynch zu und kam über den Gang geschlichen. »Wir sind gerade erst zurück und haben uns ausgezogen, als sie an die Tür kommt und reinbrüllt. Mann, ich bin ziemlich knülle.« Er setzte sich ans Fußende von Garveys Bett und erzählte ihnen alles, wobei er kicherte und die Luft mit seinem säuerlichen Atem erfüllte. Sie seien mit dem Bus zu einem etwa anderthalb Kilometer entfernten Lokal gefahren und hätten mit Bier angefangen, aber dann hätten sie zwei Bräute kennengelernt – schon etwas älter, sagte er, aber nicht schlecht –, und Costello habe für alle Schnaps ausgegeben. »Er hat ihnen erzählt, er hieße Costello und ich Abbott«, sagte Coyne. »Mein Gott, der ist echt zum Schießen, wenn er angeschickert ist. Jedenfalls sitzen wir da, trinken Schnaps und amüsieren uns prächtig, und plötzlich seh ich, dass es elf Uhr ist. Ich sage: ›Mein Gott, Costello, wir sollten lieber abhauen.‹ Und er: ›Ach, mach dir nicht so viele Gedanken.‹ Jedenfalls, als ich ihn endlich draußen hab, da sagt er den beiden Bräuten, dass wir um halb eins wiederkommen.«

»Dann zieht ihr noch mal los?«, fragte Lynch.

»Klar, sobald die kleine Polackin, wie heißt sie noch gleich, ihren Dienst antritt. Kovarsky. Costello sagt, er kann das mit ihr regeln.« Er stand auf und starrte über den dunklen Gang.

»Ist wohl gerade im Schwesternzimmer und spricht mit ihr. O Gott, was für eine Nacht.« Dann wankte er zu seinem eigenen Bett, legte sich hin, um zu warten, und Garvey versuchte zu schlafen. Doch eine halbe Stunde später hörte er wieder jemanden um Lynchs

Bett herumstolpern. »Lynch«, sagte Coyne. »Bist du noch wach?«

»Ja.«

»Hier ist deine Hose. Wir gehen wohl doch nicht mehr weg.«

»Was ist denn los?«

»Ach, dieser Costello. Jetzt krieg ich ihn nicht aus dem Schwesternzimmer raus. Er ist schon eine Stunde da drin, hat den Arm so halb um sie gelegt, und jedes Mal, wenn ich an die Tür komme, zwinkert er mir unmissverständlich zu und gibt mir ein Zeichen, sie beide in Ruhe zu lassen. Legt sich offenbar richtig ins Zeug.«

»Ach ja?«, sagte Lynch, nach Garveys Ansicht mit dem genau richtigen Maß an Desinteresse. »Und wie läuft's?«

»Ach, Gott«, sagte Coyne. »Ich glaube nicht, dass seine Anstrengungen von Erfolg gekrönt sind.«

Lynch räumte die Hose weg, drehte sich um und versuchte, wieder zu schlafen.

Am nächsten Tag kehrte er mit einem vertraulichen Grinsen im Gesicht von der verbotenen Telefonzelle zurück. »Ich hab gerade alles über Costellos Annäherungsversuch gestern Nacht erfahren«, erzählte er Garvey. »Sie hat gesagt, sie ist ihn erst um kurz vor zwei losgeworden. Er hat die ganze Zeit versucht, sich mit ihr zu verabreden.« Er stützte einen Fuß auf den Stuhl und legte den Unterarm auf sein fleischiges Knie. »Ich würde ihn am liebsten beiseitenehmen und ihm sagen, dass er seine Zeit verschwendet.«

»Warum tust du's nicht?«

»Ich will damit hinterm Berg halten, weißt du noch?« Er nahm die Füße vom Stuhl, streckte den Rücken und zog die Schlafanzughose hoch. »Erstens würde er mir nicht glauben, und zweitens wird er's schon bald rausfinden, wenn er weitermacht. Wenn nötig, wird sie's ihm sagen.«

Etwa eine Woche später schien sein Selbstvertrauen schwer erschüttert. Das transportable Stationstelefon, ein Münzapparat auf rollendem Unterbau, das neben den Betten eingestöpselt werden konnte, war unter den Patienten ein ständiger Streitherd; wer es benutzte, wurde stets beschuldigt, es in Beschlag zu nehmen. Costello hing seit Neuestem öfter an der Strippe als alle anderen, doch nach den ersten Streitereien wurde das auf der Station zu einem stehenden Witz, besonders unter den Männern auf seiner Seite des Gangs, die anfingen, ihn Weiberheld zu nennen. Manchmal lag er im Bett, sprach eine ganze Stunde lang leise ins Telefon und beschirmte mit der Hand die Sprechmuschel.

»Du weißt, mit wem er spricht, oder, Frank?«, fragte Lynch eines Abends, halb lächelnd, halb verärgert. »Du weißt, wen er ständig anruft?«

»Verdammt«, sagte Garvey. »Wieso bist du dir da so sicher? Könnte jeden Tag eine andere sein.«

»Als ich sie gestern Abend anrufen wollte, war die Leitung ungefähr so lange besetzt, bis er da drüben fertig war. Also hab ich heute gut zugehört, als er anrief. Es war ihre Nummer.«

»Du meinst, das hast du am Geräusch der Wählscheibe erkannt? Das ist doch unmöglich.«

»In Jersey wählt man nicht durch, man nennt der Vermittlung die Nummer. Und er hat ihre Nummer genannt, von der ersten bis zur letzten Ziffer.«

Beide beobachteten, wie Costello grinsend ins Telefon murmelte. »Dir ist bestimmt aufgefallen«, sagte Garvey, »dass die ganze Zeit nur er redet.«

»Oh, klar, das weiß ich. Ich weiß, dass er keinen Erfolg hat und so, versteh mich nicht falsch. Es ärgert mich bloß, das ist alles. Ich frage mich, worüber er die ganze Zeit redet.«

Sobald Costello aufgelegt hatte, ging Lynch zur Telefonzelle raus. Bei seiner Rückkehr legte er sich hin und hörte eine Weile Radio. Doch plötzlich schaltete er es aus und kam an Garveys Bett. »Weißt du, was komisch ist, Frank? Als ich sie angerufen habe, hab ich – nur ein bisschen sarkastisch, weißt du, nicht ärgerlich oder so – zu ihr gesagt: ›Liebes, du bist ja ziemlich beschäftigt.‹ Ich wollte nicht gleich damit rausrücken, dass ich weiß, es war Costello, verstehst du? Könnte so klingen, als wäre ich eifersüchtig. Und ich dachte, sie würde es mir erzählen, wie sonst auch, hat sie aber nicht. Sie sagte, ihre *Schwester* hätte telefoniert. Was konnte ich da noch sagen? Sie der Lüge bezichtigen? Ich weiß gar nicht, was ich denken soll.«

»Ich würde mir keine Sorgen machen«, sagte Garvey. »Wahrscheinlich hat sie bloß befürchtet, dass du eifersüchtig sein *könntest*; wegen nichts.«

»Schon möglich«, sagte Lynch skeptisch. »Wahrscheinlich hast du recht.« Er wollte nicht mehr darüber reden, und den ganzen nächsten Morgen über war er schweigsam und grüblerisch, bis die Post kam. Doch als er den Brief las, den er erhalten hatte, und er schien ihn mehrmals zu lesen, wirkte er erleichtert und zufrieden.

Garvey suchte seinen Blickkontakt. »Liebt sie dich noch?«

Lynch lächelte halb verlegen, halb stolz und sagte, ja, er glaube schon. Und als Mary Kovarsky nach der Mittagsruhe allen den Puls maß, warf sie Lynch einen Blick zu, der sichtlich die Röte in seinen kräftigen Hals steigen ließ. Trotz der Maske, die ihr halbes Gesicht verdeckte, brachte ihr Blick alle Bestärkung dieser Welt zum Ausdruck.

Danach schien alles in Ordnung zu sein. Lynch hatte keine Probleme mehr, mit seinen Anrufen durchzukommen, und Costello nahm das transportable Telefon nicht mehr in Beschlag; er hatte offenbar aufgegeben. Und einen Monat später wurden die letzten Zweifel beseitigt, als klar wurde, dass sich Costello mit einer Kleinen aus der Nachbarschaft eingelassen hatte, wie Coyne es formulierte, vielleicht einem der Mädchen, die sie in der Bar kennengelernt hatten, wo Costello echt zum Schießen gewesen war. Das zeigte sich darin – für Coyne ein stichhaltiger Beweis –, dass er nun an drei, vier Abenden in der Woche ausging, wobei er Coyne manchmal mitnahm, ihn aber stets nach den ersten paar Gläsern Bier allein zurückgehen ließ. Bald nahm er Coyne gar nicht mehr mit, und es hieß mehrfach, die Scheinwerfer eines Wagens hätten sich bis auf hundert Meter dem Notausgang der Latrine genähert, wo offenbar jemand Costello abgeholt hatte und mit ihm weggefahren war. Als er einmal ein weißes Hemd zurückgab, das er sich vom alten Mr Mueller geliehen hatte, hielt der es mit gespieltem Verdruss hoch, um zu zeigen, dass es mit Lippenstift beschmiert war. »Das verdammte Hemd lag zwei Jahre in meinem Nachttisch«, jammerte er, von Gelächter umgeben, »und alles, was bei mir je drankam, war *Staub*.« Und Coyne, der Costellos nackten Rücken untersuchte, als dieser in der Hitze desselben Nachmittags den Oberkörper freimachte, schwor, er sehe Schrammen, der Beweis, dass Costello von ungestümen Fingern gekratzt worden sei. »Junge, Junge«, sagte er, »die muss ja ganz schön zur Sache gegangen sein.«

Inzwischen war es Spätsommer, drückend und heiß auf der Station, und außerhalb der Besuchszeit lagen die Männer halb nackt auf zurückgeschlagenen Betten, zu matt, um zu lesen, zu schreiben oder Karten zu spielen, während die Radios dröhnten. (»Es ist ein hoher, hoher Flugball ins linke Außenfeld; Woodling ist da – u-und – fängt ihn, damit sind alle drei Batter aus. Sagt mal, Männer: Habt ihr Lust auf eine Rasur, nach der sich euer Gesicht pudelwohl fühlt? ...«) An beiden Enden des Raums waren Ventilatoren aufgestellt worden, doch deren träge Flügel brachten die Krankenzimmerluft kaum in Bewegung, hoben den baumelnden Zipfel eines Lakens nur ganz leicht an, bevor er wieder herabfiel. Um den Nachmittag zu überstehen, war es geradezu unverzichtbar, eine abendliche Belohnung in Aussicht zu haben, deshalb fanden in der Latrine immer öfter Bierpartys statt, für die man mit einem örtlichen Delikatessengeschäft telefonierte, deren Auslieferer die feste Anweisung hatte, vor dem Notausgang zu warten, bis ein Patient zu ihm herausgeschlüpft kam. An einem dieser Tage, an dem wieder eine Party geplant war, erhielt Lynch seinen letzten Brief in der Nachmittagspost. Er kam mit dem seltsamen, unpassenden schwachen Lächeln zu Garveys Bett herüber, das die Lippen schüchterner Menschen umspielt, wenn sie kundtun, dass jemand gestorben ist. »Es ist aus, Frank. Sie will das Ganze beenden.«

»Mein Gott, Tom, wie meinst du das? Einfach so? Aus heiterem Himmel?«

»Nein, eigentlich nicht«, sagte er. »Sieht jetzt so aus, aber eigentlich weiß ich schon seit ein paar Wochen, dass sie sich irgendwie komisch verhält ...« Er brach den Satz ab, als sei er verwirrt, alles andere als zufrieden mit dem, was er gesagt hatte. »Ach, ich weiß nicht, ich weiß nicht, es klingt einfach nicht echt. Willst du's mal lesen?«

»Nur wenn dir was dran liegt.«

»Nur zu.«

»Bist du sicher?«

»Klar bin ich sicher. Na los – guck mal, ob's für *dich* echt klingt.«

Mary Kovarskys Handschrift war eine Mischung aus leblos gleichmäßigen Grundschulschriften und mädchenhafter Affektiertheit. Manche ihrer *i*s hatten als Punkt einen kleinen Kreis.

Lieber Tom,
ich habe lange versucht, diesen Brief zu schreiben, doch vermutlich hatte ich Angst. Ich bin in vielem nicht so mutig wie du. Aber die einzige Möglichkeit ist wohl, es hinter mich zu bringen und ihn zu schreiben. Wenn wir so weitermachen, wird am Ende einem von uns wehgetan.
Du sollst mich nicht mehr anrufen und mir keine Briefe mehr schreiben, Tom. Ich habe immer wieder darüber nachgedacht, bis ich glaubte, verrückt zu werden, wenn ich weiter darüber grüble, und so muss es auch sein. Wenn ich je heiraten wollte, dann dich, Tom, aber ich will es wohl einfach nicht. Jedenfalls jetzt noch nicht. Dazu bin ich noch nicht selbstsicher genug.
Übermorgen werde ich auf eine von den Allgemeinen versetzt, dann wirst du mich nicht mehr sehen, und das dürfte es leichter machen. Ich schicke dir deine Briefe und dein Foto zurück, da du beides vermutlich gern zurückhättest. Meine kannst du wegwerfen, wenn du willst. Ich wünsche dir viel Glück bei deiner Genesung.
Mit besten Grüßen,
Mary

Die Party begann gegen neun. Man hatte zwei Kästen bestellt, und als Garvey und Lynch sich zu der Gruppe in der Latrine gesellten, war der Auslieferer gerade eingetroffen. Coyne brachte den ersten Kasten durch den Notausgang herein, und dann mühte der alte Mueller sich mit dem zweiten ab, sein magerer Rücken schmerzhaft gekrümmt. Costello war ihm behilflich, und sie versteckten die beiden Kisten in der Duschkabine, wo sie nicht zu sehen waren, falls eine wütende Schwester die Tür aufriss oder ein unfreundlicher Pfleger durchkam. Die Partys begannen immer gleich; nach dem Verstecken des Biers und der Suche nach Dosenöffnern wurden in die erste Runde Dosen möglichst geräuschlos Löcher gebohrt, die Männer machten es sich gemütlich und redeten, anfangs ganz leise, über die Schwestern, die in jener Nacht Dienst hatten – ob sie in Ordnung waren oder man damit rechnen musste, dass sie Ärger machten. Es war ein großer, hässlicher, gelb-braun gekachelter Raum, grell erleuchtet von zwei großen Kugeln an der Decke. Die einzigen Sitzgelegenheiten waren die offenen Toilettenbecken, die in gegenüberliegenden Reihen an zwei Wänden standen, zwei oder drei Stahlstühle aus der Station, die von früheren Partys zurückgeblieben waren, und ein umgedrehter Abfallkorb.

Wie sich herausstellte, hatte an diesem Abend eine gewisse Miss Berger, die ziemlich in Ordnung war, bis Mitternacht Dienst, doch danach mussten sie sich in Acht nehmen, denn die alte Fosdick löste sie ab. Meistens sprach Coyne, den Stuhl gegen die Wand zurückgekippt und seine Schlafanzughose bis zum Knie hochgezogen, während er sich an seinem weißen Bein kratzte. »Ich glaube, wegen der alten Fosdick brauchen wir uns keine Sorgen zu machen, solange wir leise sind. In letzter Zeit war sie ganz in Ordnung.«

»Aber man sollte sie im Auge behalten«, sagte Costello. »Sie ist okay, solange sie denkt, dass man Angst vor ihr hat, doch sie lässt sich von keinem was bieten.«

»Tja«, sagte Coyne und grinste Garvey und Lynch an, »bei *diesem* Thema ist unser guter Costello wirklich Experte. Hahaha, verdammt! Würde einer von uns so auf den Putz hauen wie er, würde er fünf Mal die Woche gemeldet werden.« Costello kicherte zufrieden und schwenkte das Bier in seiner halb leeren Dose. »Ah, man muss sich eben auskennen, Kumpel. Manches kann man nicht lernen, so ist das nun mal.«

Lynch, der in seinem ausgebleichten Schlafanzug auf einem der Toilettenbecken kauerte und auf den Boden starrte, sah mutterseelenallein aus. Er hatte sein Abendessen kaum angerührt, hatte den Kaffee getrunken und an dem Kuchen geknabbert, den es zum Nachtisch gab, und das war's auch schon. Garvey versuchte sich etwas einfallen zu lassen, das er sagen konnte, um ihn zum Reden zu bringen.

»Was ist denn mit dem alten Lynch da drüben los?«, wollte Coyne wissen. »Ist er krank oder was? Hat er Tb oder was?«

»Ich glaube, er braucht ein neues Bier«, sagte Garvey. »Das ist sein Problem.«

»Bei Gott, Professor«, sagte Costello, »das ist auch mein Problem.« Mit diesen Worten ging er zur Duschkabine.

Als der erste Kasten leer war, hatte sich die Party in zwei Gruppen aufgeteilt; auf der einen Seite des Raums tauschten Mueller und ein paar andere alte

Hasen Erinnerungen an Krankenhäuser aus, in denen sie einmal gelegen hatten, und auf der anderen Seite sprachen Lynch, Garvey, Coyne und Costello über Homosexualität. Garvey wusste nicht, wie sie auf das Thema gekommen waren; er hatte nicht die ganze Zeit zugehört. Das Bier hatte ihm die Sinne vernebelt, und er hatte mehrmals die Brille abgesetzt und sie geputzt, bis er begriff, dass sie gar nicht beschlagen war: Er war betrunken.

»... Und als er das sagte«, erzählte Coyne gerade, »dass ich in sein Zimmer mit raufkommen sollte, dachte ich ›Oh-ooh, nicht mit mir‹ und sagte, nein danke, ich müsste jetzt gehen, und machte mich rasch vom Acker. Aber es ist komisch, wenn man ihn so sieht, würde man nie denken, dass er anders ist als du und ich.« Es war der Schluss einer langen Geschichte, Coynes Gesprächsbeitrag.

»Klar«, sagte Costello. »So sind viele von ihnen. Sehen aus und verhalten sich wie alle anderen.«

»Vor denen muss man sich in Acht nehmen«, sagte Lynch. »Ich hasse diese hinterhältigen Scheißkerle.« Er drückte fest auf den Öffner, bohrte in eine neue Dose ein Loch, und der Schaum schwappte über seine Finger auf den Boden.

»Kein Grund, sie zu hassen«, sagte Costello schulterzuckend.

»Ach nein?« Lynch funkelte ihn an. Wie er da so saß, die Schlafanzugjacke offen, ein kleines religiöses Medaillon an einem feuchten Silberkettchen im Brusthaar baumelnd, sah er knallhart aus. »Tja, für mich schon. Ich hasse jeden Einzelnen von ihnen wie die Pest. Wie diesen grässlichen Cianci, diesen Pfleger. Weißt du noch, Frank? Ich hab dir von ihm erzählt. Kommt eines Abends angeschlichen, als ich mich dusche, und redet mit seinem gottverdammten Lächeln davon, wie einsam die Jungs hier doch sein müssen. ›Bist du einsam, Lynch?‹, fragt er mich. Und ich sage: ›Hör mal, Jack – wenn du Spielchen machen willst, bist du bei mir an der falschen Adresse. Ab jetzt solltest du mir lieber aus dem Weg gehen.‹ Das ist die einzige Sprache, die diese Scheißkerle verstehen. Ich hasse sie alle.«

»Ach, was soll's«, sagte Costello. »Die sind ein Fall für den Psychiater, das ist alles.«

»Ach ja?«, sagte Lynch. »Ach ja? Na wenn du sie so verdammt toll findest, dann kann ich dich ja mit Cianci verkuppeln.«

Costello lachte leise. »Mein Gott, wenn er betrunken ist, wird er unangenehm, was? Ich wusste gar nicht, dass du einer von diesen üblen Säufern bist, Lynch.«

»Ich will, dass in fünf Minuten alles im Bett liegt«, rief Mrs Fosdick durch die Tür.

»Okay, Mrs Fosdick«, rief Costello zurück. »Wir machen gerade Schluss.« Die alten Hasen schlichen zur Duschkabine, um dort ihre leeren Dosen abzustellen.

»Verdammt«, flüsterte Coyne. »Wir haben noch einen halben Kasten da drin.«

»Und?«, sagte Costello gähnend und stand auf. »Du kannst dich ja eine halbe Stunde hinlegen und dann zurückkommen und alles austrinken, wenn du willst. Ich geh jetzt jedenfalls schlafen.«

»Herrgott, wir können es doch nicht umkommen lassen«, sagte Coyne. »Was meinst du, Garvey?«

»Ich denke auch, dass ich genug hab.«

»Lynch?«

»Was?«

»Hast du Lust, nachher weiterzumachen?«

»Verdammt«, sagte Lynch. »Ich fang gerade erst an.«

Sie gingen einer nach dem anderen hinaus und tasteten sich im Dunkeln zu ihren Betten. Garvey legte sich dankbar hin und schloss die Augen, schlug sie aber schnell wieder auf, als er plötzlich einen Schwindelanfall bekam. Er musste lange mit dem zusammengeknüllten Kissen unterm Nacken daliegen und sich auf die undeutliche weiße Silhouette des Fußendes seines Bettes konzentrieren. Jedes Mal, wenn er die Augen schloss oder die Silhouette aus dem Blick verlor, kehrte das widerwärtige Schwindelgefühl zurück. Er konzentrierte sich so stark, dass er kaum merkte, wie Lynch aufstand, Coyne etwas zuflüsterte und die beiden sich wieder in die Latrine begaben. Der Schlaf senkte sich in unangenehmen, unregelmäßigen Wellen über ihn, jede wuchtiger als die letzte. Zuerst kämpfte er dagegen an, doch dann fügte er sich wie ein Ertrinkender.

»... Garvey, Garvey.« Es war Coynes Stimme, leise und eindringlich. »Garvey.« Etwas grub sich in seine Schulter; Coynes Hand. Das zusammengeknüllte Kissen war ein schmerzhafter Klumpen unter seinem Kopf, und über seinen Augen saß ein weiterer Schmerz. »Garvey.« Sein Mund fühlte sich geschwollen an, zu trocken, um sprechen zu können. »Wie spät ist es?«, fragte er schließlich.

»Mein Gott, keine Ahnung.« Coynes Stimme verströmte einen beißenden Whiskeygeruch. »Ungefähr vier, schätze ich.«

»Vier?«, fragte er und versuchte dem Ganzen eine Bedeutung zu geben.

»Hör zu, deinem Freund Lynch geht's nicht gut. Wir waren in ein paar Kneipen, und er ist besoffen. Sitzt in der Latrine und will sich nicht ausziehen. Kannst du mir helfen?«

»Okay«, sagte Garvey. Er war jetzt hellwach und befeuchtete seine Lippen. »Bin gleich da.« Coyne eilte davon, und Garvey setzte sich mühsam auf und hielt sich den Kopf. Er fand seine Brille auf dem Nachttisch und tastete auf dem Boden nach seinen Hausschuhen.

Das Licht in der Latrine stach ihm in die Augen, doch im nächsten Moment sah er Lynch, in seinem blauen Anzug auf einem der Stühle zusammengesackt, und Coyne, der sich um ihn kümmerte. Lynch sah furchtbar aus. Sein Gesicht war knallrot, die Lippen schlaff und feucht und der Blick verschleiert. »Komm schon, Junge«, sagte Coyne. »Lass mich dein Jackett ausziehen.«

»Ach, lass mich in Ruh, lass mich bloß in Ruh, ja?« Lynch warf den Kopf zurück und schob Coynes Hand von seiner Schulter. »Da is ja der alte Frank. Was hasse gesagt, Frank? Hörma, Frank, sag diesem Misskerl, er soll mich in Ruh lassen, ja?«

»Okay, Tom«, sagte Garvey. »Und jetzt beruhig dich.«

Coyne ergriff das eine Revers von Lynchs Jackett und Garvey das andere, doch Lynch spannte die Armmuskeln an. »Lasst mich in Ruh, verdammt! Ihr beiden Misskerle, lasst mich in Ruh!«

»Nicht so laut, Tom«, sagte Garvey. Es gelang ihnen, das Jackett über die Ellbogen herabzuzerren, als er plötzlich aufhörte, sich zu wehren, und den Blick funkelnd auf die Latrinentür richtete. Garvey blickte auf. Cianci, der Nachtpfleger, war hereingekommen und blinzelte im grellen Licht. Die Leinenmaske hing lose unter seinem Kinn und enthüllte einen kindlichen Mund.

»Tja«, sagte Lynch. »Wemma vom Teufel spricht.«

»Jemand hat von mir gesprochen?«, fragte Cianci in gespielter Sorge und lächelte Garvey dann vielsagend an. »Brauchen die Herren Hilfe?«

»Nein danke«, sagte Garvey. »Wir kommen schon klar.«

Lynch starrte den Pfleger zornig an. »Ich dachte, ich hätt gesagt, du solls mir ausm Weg gehen.«

»Oh, der ist wirklich hinüber, was?«, sagte Cianci lächelnd. In seiner weißen Segeltuchkluft wirkte er sehr klein, sehr blond und blass.

»Ich dachte, ich hätt gesagt, du solls mir ausm Weg gehen.«

Coyne forderte Lynch auf, sich nicht aufzuregen, und Garvey sagte: »Du gehst jetzt besser, Cianci«, doch Cianci rührte sich nicht vom Fleck.

Lynchs Augen waren zu Schlitzen verengt. »Hör auf zu grinsen und mach, dassu rauskommst! Raus mit dir, du schwuler Misskerl!«

»Ach, Lynch«, sagte Cianci und trat einen Schritt vor, »das meinst du doch nicht ernst.«

Bevor sie Lynchs Arme ergreifen konnten, riss er sie aus den Jackettärmeln, sprang auf Cianci zu und schlug ihn mit seiner großen rechten Faust in den Nacken, direkt unterm Ohr. Cianci sackte sofort zusammen, doch bevor er zu Boden stürzte, traf ihn Lynchs Linke im Gesicht. Coyne bekam jetzt einen von Lynchs Armen zu fassen, Garvey packte den anderen und zog ihn mit aller Kraft zurück. Durch die ungewohnte Anstrengung brannten Garveys Arme und Schultern; in seinen dünnen, gebrechlichen Beinen zuckten die Muskeln. Lynchs Stimme klang wie das Wimmern eines Kindes: »Lasst mich los, lasst mich los ... ich bring ihn um, ich bring ihn um ...«

Cianci rappelte sich auf und hielt sich das rotfleckige Gesicht, und im selben Moment lief ihm das Blut aus der Nase und tropfte auf seine Kleidung. »Um Himmels willen, verschwinde!«, schrie Garvey, doch Cianci stand da, lächelte unsinnig durch das Blut und sagte: »Lasst ihn los. Ist schon okay.« Es war unwahrscheinlich, dass er sich prügeln wollte – fast hatte es den Anschein, als wollte er, dass man ihm wehtat. Von Garvey und Coyne umklammert, aber beide mit sich ziehend, ging Lynch quälend langsam auf ihn los, und Garveys Hausschuhe rutschten scharrend über die Fliesen.

»Lasst ihn doch«, sagte Cianci wieder.

Lynch riss sich zuerst von Garvey los, befreite seinen Arm mit einem Ruck, durch den Garveys Brille wegflog, und wand sich dann aus Coynes Griff. Wimmernd und nach Luft schnappend, packte er Ciancis Arm, verdrehte ihn, schwang Cianci herum wie einen

Dreschflegel und schleuderte ihn krachend gegen die Wand. Dann stürzte er sich auf ihn, drückte ihm ein Knie in den Bauch und die dicken Daumen in die Kehle. Gerade als sie ihn weggezerrt hatten, kam Mrs Fosdick mit aufgerissenen Augen hereingeplatzt und fragte: »Was ist denn hier los?«

Für einen Augenblick erstarrten alle unter ihrem bestürzten Blick, Cianci halb aufgerichtet an die gekachelte Wand gelehnt, Lynch mit gespreizten Armen von Garvey und Coyne umklammert. Dann setzte sich Coyne, Garvey hob seine kaputte Brille auf, und Lynch stolperte zu einer der Toiletten und kotzte. »Ich brauche einen Arzt«, sagte Cianci mit atemloser, gepresster Stimme. »Ich glaube, mein Arm ist gebrochen.«

Dann war alles vorbei. Der Rest der Nacht oder des Morgens wurde von der unvermeidlichen Abfolge der Auswirkungen in Anspruch genommen: Die Pfleger brachten Cianci zur Unfallstation; Mrs Fosdick stapfte mit ihrer Taschenlampe herum, schickte alle ins Bett und eilte dann zurück, um das Ganze im Berichtsbuch festzuhalten; das stundenlange Liegen im Dunkeln – Lynch, der still dalag, die wunden Fingerknöchel mit einem Kleenex umhüllt und die Augen von der roten Glut einer Zigarette beleuchtet: »Das mit der Brille tut mir leid, Frank« – und schließlich um sieben Uhr das Einschalten des Lichts auf der Station und Costello, der sich die Augen rieb und sich mit schläfrigem Grinsen umsah: »Mein Gott, was war das denn für ein Tumult letzte Nacht?« Dann Frühstück und frische Wäsche, die frühmorgendliche Effizienz von Miss Baldridge:

»Lynch, das war der widerwärtigste Auftritt, von dem ich je gehört habe. Fang lieber schon an, deine Sachen zu packen, denn du kannst dir sicher sein, dass der Arzt dich hier raushaben will und du im Bus sitzt, noch bevor es Mittag ist.«

Doch zur allgemeinen Überraschung wurde Lynch nicht rausgeworfen. Der Arzt hielt ihm eine ernste Standpauke, das war alles, und dann folgte eine Besprechung mit den anderen Ärzten, nach der Lynch von der Station in einen der Ruheräume verlegt wurde – Einzelzimmer, die für Schwerkranke reserviert waren –, um dort die verbleibenden Wochen zu verbringen, bis er in die Chirurgie kam. Miss Baldridge war einfach sprachlos und versicherte allen, dass Lynch ungeheures Glück gehabt habe, dass es nur so gekommen sei, weil sein Fall für die Chirurgen von besonderem Interesse sei, was wahrscheinlich stimmte. Tagelang gab es widersprüchliche Gerüchte darüber, was aus Cianci geworden war, von denen das glaubwürdigste besagte, dass sein Arm nur verstaucht, nicht gebrochen war und man ihn nach der Behandlung auf eine andere Station versetzt hatte. Coyne und Garvey wurden durch Lynchs Aussage, dass beide erst in die Latrine gekommen seien, nachdem der Ärger begonnen hatte, aus dem Bericht gestrichen, aber Coyne sorgte dafür, dass alle auf der Station die wahre Geschichte erfuhren, die er auch dann noch, als die Männer sie längst nicht mehr hören wollten, genüsslich erzählte.

Abgesehen davon, dass Lynch nicht mehr da war, schien auf der Station bald alles wieder seinen gewohnten Gang zu gehen. So zumindest beschrieb Garvey es Lynch, wenn er ihn im Ruheraum besuchte.

»Wie läuft's denn auf der Station?«, fragte Lynch dann, flach und reglos auf seinem Bett. Offenbar lag er stundenlang so in seinem winzigen Zimmer, las nicht, blickte ins Leere und redete außer bei diesen kurzen, unbeholfenen Besuchen mit niemandem. Anscheinend fingerte er bloß die ganze Zeit an der Jalousieschnur herum, die neben seinem Kissen baumelte und vom vielen Anfassen schon schweißgraue Flecke hatte.

»Ach, genau wie immer, Tom«, sagte dann Garvey. »Dieselbe Langeweile. In deinem Bett liegt jetzt ein Neuer, ein älterer Mann. Coyne geht in letzter Zeit oft aus; schon drei Mal in dieser Woche.«

»Und Costello? Hat er immer noch seine Geliebte? Wird er immer noch von diesem Wagen abgeholt?«

»Scheint so. Seit du weg bist, hat sich eigentlich nichts geändert.«

Und das war in groben Zügen die Wahrheit, denn außer Garvey erkannte niemand die Verbindung zwischen Lynchs Weggang und dem Umstand, dass Costello das transportable Telefon wieder in Beschlag genommen hatte. Nur Garvey, der auf der anderen Seite des Gangs lag und lauschte, konnte es bedeutungsvoll finden, dass er vor jedem Anruf eine bestimmte Telefonnummer aus New Jersey aufsagte und bei seiner Hälfte des folgenden Gesprächs, unbekümmerter und selbstsicherer als zuvor, Sätze benutzte wie: »Bist du heute Abend da, Liebes?«, oder: »Klar tu ich das, Baby, das weißt du doch.« Sie nannten ihn Weiberheld.

GLOCKEN AM MORGEN

Erst waren es nur groteske Formen, mehr nicht. Dann wurden Säuretropfen daraus, die den Schleim von seinem tiefen, traumlosen Schlaf entfernten. Schließlich erkannte er, dass es Worte waren, doch sie besaßen keine Bedeutung.

»Cramer«, sagte Murphy. »Los, Cramer, wach auf. Na los, Cramer.«

Den Mund noch vom Schlaf verkleistert, verfluchte er Murphy. Dann traf ihn der Wind, und er war blau vor Kälte, als Murphy ihm den Regenmantel von Gesicht und Brust zog.

»Du schläfst wirklich gern, was, Kleiner?« Murphy sah ihn spöttisch an.

Cramer war jetzt wach und befeuchtete seinen Gaumen. »Okay«, sagte er. »Okay, ich bin so weit.« Mühsam setzte er sich am Erdwall des Loches auf, wie ein alter Mann. Die kalten Beine ausgestreckt, die in der schlammverkrusteten Hose eingezwängt waren. Er rieb sich die Augen, nahm den Helm ab, kratzte sich am Kopf, und die Wurzeln seiner verfilzten Haare taten weh. Alles war blau und grau. Cramer kramte nach einer Zigarette, verlegen, weil es wieder so schwer gewesen war, ihn zu wecken. »Nur zu, schlaf ein bisschen, Murphy«, sagte er. »Ich bin jetzt wach.«

»Nein, ich bleibe auch wach«, sagte Murphy. »Sechs Uhr. Schon hell.«

Am liebsten hätte Cramer gesagt: »Okay, dann bleib wach, und ich leg mich wieder schlafen.« Stattdessen ließ er seinem Schlottern freien Lauf und sagte: »Herrgott noch mal, ist das kalt.«

Sie waren in Deutschland, im Ruhrgebiet. Es war Frühling und schon so warm, dass man nachmittags beim Marschieren schwitzte, doch nachts und am frühen Morgen war es noch kalt. Noch zu kalt für einen Regenmantel in einem Loch.

Sie starrten in die Richtung, in der sie den Feind vermuteten. Nichts zu sehen; nur eine dunkle Fläche, die ein gepflügter Acker, und dann eine helle, die Nebel war.

»Vor einer halben Stunde haben sie ein paarmal geballert«, sagte Murphy. »Ziemlich weit entfernt, links von hier. Unsere haben sofort zurückgeschossen; keine Ahnung, warum sie jetzt aufgehört haben. Du hast die ganze Zeit geschlafen.« Plötzlich fragte er: »Reinigst du das denn nie?« und betrachtete im fahlen Licht Cramers Gewehr. »Wetten, dass du mit dem Scheißding nicht mehr schießen kannst?«

Cramer sagte, er werde es reinigen, und fast hätte er gesagt: Gib doch endlich mal Ruhe. Es war gut, dass er es nicht getan hatte, denn Murphy hätte so was erwidert wie: Ich will dir doch bloß helfen, Kleiner. Und überhaupt, Murphy war schon in Ordnung.

»Eigentlich könnte ich Kaffee machen«, sagte Murphy und zwängte die schmutzigen Hände in seine Taschen. »Bei diesem Nebel ist der Rauch nicht zu sehen.«

Cramer fand eine Dose Kaffeepulver, und beide nestelten an den feuchten Gurten nach ihren Bechern und Feldflaschen. Murphy schabte in der Erde zwischen seinen Stiefeln eine Kuhle aus und legte den Karton einer Essensration hinein. Er zündete ihn an, und sie hielten ihre Becher über die langsam kriechende Flamme.

Nach einem Weilchen fühlten sie sich wohl, sie tranken Kaffee und rauchten, und als die ersten gelben Sonnenstrahlen ihre Schultern und ihren Hals streichelten, erschauderten sie. Das Grau war inzwischen verschwunden; alles hatte Farbe. Die Bäume waren Bleistiftskizzen auf dem lavendelblauen Nebel. Murphy sagte, hoffentlich müssten sie nicht sofort weiterziehen, und Cramer pflichtete ihm bei. In diesem Moment hörten sie die Glocken; Kirchenglocken, schwach und feminin im Ton, zitternd, als der Wind drehte. Zwei, vielleicht auch drei Kilometer hinter ihnen.

»Hör mal«, sagte Murphy leise. »Klingt das nicht schön?« Das war das richtige Wort. Schön. Murphys rundes, schmutziges Gesicht war völlig entspannt. Über seine Lippen zogen sich zwei schwarze parallele Linien, die die Stelle markierten, wo der Mund sich schloss, wenn Murphy die Lippen zusammenpresste. Zwischen den Linien war die Haut rosa und feucht; und diese inneren Lippen waren, wie Cramer festgestellt hatte, der einzige Teil des Gesichts, der stets sauber blieb. Außer den Augen.

»Zu Hause haben mein Bruder und ich jeden Sonntag die Glocken geläutet«, sagte Murphy. »Als wir noch Kinder waren, meine ich. Haben dafür jedes Mal einen halben Dollar gekriegt. Verdammte Scheiße, wenn das nicht genau wie damals klingt!«

Sie saßen lauschend da und lächelten sich schüchtern an. Kirchenglocken an einem nebligen Morgen sind etwas, das man manchmal vergisst, wie zerbrechliche Porzellantassen oder Frauenhände. Und wenn man sich an sie erinnerte, lächelte man schüchtern, vor allem weil man nicht wusste, was man sonst tun sollte.

»Das muss von der Stadt kommen, durch die wir gestern marschiert sind«, sagte Cramer. »Irgendwie seltsam, dass sie dort Kirchenglocken läuten.«

Murphy sagte, das sei wirklich seltsam, und dann passierte es. Seine Augen wurden ganz groß, und als seine Stimme ertönte, war sie leise und eindringlich, ganz anders als sonst. »Meinst du, der Krieg ist vorbei?« Cramer überlief ein Kribbeln. »Mein Gott, Murphy. Mein Gott, das ergibt einen Sinn. Das ergibt wirklich einen Sinn.«

»Ich will verdammt sein, wenn nicht«, sagte Murphy, und sie glotzten sich an und begannen zu grinsen; sie wollten lachen und schreien, aus ihrem Loch klettern und laufen.

»Verdammte Scheiße«, sagte Murphy.

Cramer hörte seine eigene Stimme in hohem Ton plappern: »Das könnte der Grund sein, warum der Artilleriebeschuss eingestellt wurde.«

Konnte es so einfach sein? Konnte es so ablaufen? Würde die Nachricht vom Hauptquartier kommen? Würde das Bataillon sie vom Regiment erhalten? Würde Francetti, der Melder, mit der Nachricht über den gepflügten Acker gestolpert kommen? Francetti, der mit den schwabbeligen Armen wedelt und schreit: »He, Leute! Kommt zurück! Es ist vorbei! Leute, es ist vorbei!« Total verrückt. Aber warum nicht?

»Mein Gott, Murphy, glaubst du wirklich?«

»Achte auf Leuchtkugeln«, sagte Murphy. »Sie könnten Leuchtkugeln abfeuern.«

»Ja, gute Idee, sie könnten Leuchtkugeln abfeuern.«

Sie konnten nichts sehen, hörten nichts außer dem schwachen, monotonen Silberklang der Glocken. Erinnere dich. Erinnere dich an jede Sekunde davon. Erinnere dich an Murphys Gesicht und das Loch und die Feldflaschen und den Nebel. Behalte all das im Gedächtnis.

Achte auf Leuchtkugeln.

Erinnere dich an das Datum. Der soundsovielte März. Nein, April. Der soundsovielte April 1945. Was hat Meyers neulich gesagt? Vorgestern? Meyers hat dir das Datum genannt. »Ob du's glaubst oder nicht, es ist Kar...«

Cramer schluckte und blickte rasch Murphy an. »Moment mal, Moment. Wir sind im Irrtum.« Er sah, wie Murphys Lächeln erschlaffte, als er es ihm erzählte. »Meyers. Weißt du noch, was Meyers über den Karfreitag gesagt hat? Heute ist Ostersonntag, Murph.«

Murphy ließ sich an die Wand des Lochs zurücksinken. »O ja«, sagte er. »O ja, klar. Stimmt.«

Cramer schluckte wieder und sagte: »Die Krauts gehen da hinten vermutlich in die Kirche.«

Murphy presste die Lippen zu einer einzigen schwarzen Linie zusammen und war eine Weile still. Dann drückte er seine Zigarette auf der Erde aus und sagte: »Verdammte Scheiße. Ostersonntag.«

ABEND AN DER CÔTE D'AZUR

Als Betty Meyers die Reste des Picknicks zusammengepackt und die Zwillinge im Kinderwagen verstaut hatte, schaute sie sich nach Bobby, ihrem Fünfjährigen, um. Sie blinzelte in die Sonne, und schließlich sah sie ihn in einiger Entfernung am Strand mit ein paar französischen Kindern spielen. »Bobby!«, brüllte sie, doch er tat so, als hätte er nichts gehört, und träge vor Müdigkeit machte sie sich auf, ihn zu holen, wobei sie die frostigen Blicke von Männern und Frauen spürte, die halb nackt im Sand lagen.

Als Bobby sie kommen sah, lief er weg, und sie musste schwerfällig hinterherlaufen, wohl wissend, dass sie mit ihrem wabbelnden Fleisch im Playsuit ein toller Anblick sein dürfte. Schließlich erwischte sie Bobby und gab ihm ein paar feste Ohrfeigen. Er fing fürchterlich an zu heulen, kam aber ohne großen Widerstand mit, sobald sie ihn am Handgelenk gefasst hatte. Die französischen Kinder, mit denen er gespielt hatte, wichen ängstlich zurück und hielten die Hand vor den Mund. Sie schlug ihn nur ungern – danach hatte sie immer ein wahnsinnig schlechtes Gewissen –, doch er hatte es den ganzen Nachmittag darauf angelegt. Als sie an der Promenade anlangten, hörte er auf zu weinen. Auch wenn er noch schniefte, wusste sie, dass das Schlimmste vorbei war. »Also, hör zu«, sagte sie. »Musst du noch mal? Dann sag es jetzt. Ich will nicht, dass du mir wieder den ganzen Heimweg damit in den Ohren liegst. Also?«

»Nein, Ma.«

»In Ordnung. Dann komm jetzt.« Den Kinderwagen vor sich herschiebend, Bobby direkt neben sich, machte sie sich auf den langen Rückweg zu ihrer Wohnung, an den Palmen und Straßencafés und an den kleinen Bars am Jachthafen vorbei, die Schilder mit der Aufschrift WILLKOMMEN US NAVY UND MARINES herausgehängt hatten.

Was Betty Meyers anging, so konnten sich die Franzosen ihre Riviera sonst wohin stecken. Sollten sie doch ihr ganzes grässliches Land morgen den Kommunisten übergeben, sie würde drei Kreuze machen. Sie wollte bloß wieder nach Bayonne, New Jersey, wo sie hingehörte. Oh, sie wusste, dass die Sechste Flotte ein Glücksgriff sein sollte und alles. Es machte sie krank, wie manche der anderen Marinefrauen ständig darauf herumritten – »Du meinst, dir *gefällt's* hier nicht? Findest du's denn nicht *schön*?« –, doch man konnte sicher sein, dass die, die so redeten, keine Kinder hatten. Sie konnten in ihren hübschen kleinen Bikinis rumliegen und sich überall mit Sonnencreme einreiben, um die Offiziersfrauen herumscharwenzeln und sich prächtig amüsieren. Sie konnten sogar Französisch lernen und sich tatsächlich mit den Leuten unterhalten, und vielleicht wurden sie dann in den Läden nicht jedes Mal übers Ohr gehauen, doch was konnte sie selbst tun?

»Hey Ma, kauf mir ein Eis«, sagte Bobby. Er hatte seinen Kummer wirklich schnell überwunden. »Kauf mir ein Eis, Ma.«

»Komm«, sagte sie. »Komm schon. Wir haben keine Zeit.«

Sie gingen ums Hôtel de Ville herum und überquerten die Kreuzung, wo man, so wie diese Leute mit ihren verdammten Motorrädern und ihren komischen kleinen Autos herumrasten, stets sein Leben aufs Spiel setzte. Als sie im heruntergekommenen Teil des Ortes, wo Lastwagen und Busse dröhnten, den Hügel hinaufstiegen, war die letzte Etappe erreicht. Hier konnte sie den Kinderwagen immer nur einhändig schieben, weil sie mit der anderen Hand Bobby festhalten musste, denn als er mal vorgelaufen und fast in einen Lastwagen hineingerannt war, wäre ihr fast das Herz stehen geblieben.

»Hey Ma, du tust mir weh.«

»Wenn du dich nicht deinem Alter entsprechend benimmst, tu ich dir noch mehr weh. Nimm die Finger vom Kinderwagen.«

»Hey Ma?«

»Was ist denn jetzt schon wieder?«

»Ich muss mal, Ma.« Und dann fingen die Zwillinge an zu schreien.

Schließlich bog sie in den ruhigen Garten des Apartmenthauses ab. Es war ein großer weißer Klotz, ein Stück von der Straße zurückgesetzt, umgeben von Königspalmen. Angeblich war es vor dem Krieg mal ein Luxushotel gewesen, doch Betty hätte es nicht mal interessiert, wenn es das Schloss des Königs von Frankreich gewesen wäre – sie konnte das Haus nicht ausstehen. Erstens war ihre Wohnung zu klein – selbst jetzt, wo Eddie auf See war –, und zweitens waren ihr noch nie so hochnäsige Leute untergekommen wie die Bewohner dieses Hauses. Sogar die Concierge (für wen hielt die sich eigentlich?) tat so, als sei es zu viel verlangt, Guten Tag zu sagen. Es war offenbar nicht persönlich gemeint, denn Marylou Smith, die andere Marinefrau, die hier wohnte, wurde genauso behandelt. Sie hatten bloß einen Groll gegen Amerikaner und zeigten das unverhohlen.

Im Aufzug gab es den üblichen Ärger mit Bobby – auf der Fahrt nach oben wollte er stets die Finger durch den Käfig stecken –, und als Betty den Kinderwagen in die Wohnung bugsiert hatte, hätte sie sich am liebsten hingesetzt und ihren Tränen freien Lauf gelassen. Erst nach dem Zuknallen der Tür sah sie, dass jemand ein Stück Papier darunter durchgeschoben hatte. Die Handschrift war so fremdartig, dass sie zuerst dachte, die Nachricht sei auf Französisch geschrieben; doch dann entzifferte sie die Worte.

Sorgen Sie bitte dafür, dass Ihre Kinder leiser sind.
Ich habe viele Beschwehrden erhalten.
Concierge.

Also, jetzt reichte es aber. Heiße Tränen liefen ihre Nase hinab, während sie sich über den Herd beugte, um den Zwillingen ihre Fläschchen zu machen, und sie musste sich abwenden, damit Bobby nicht sah, wie sich ihr Gesicht verzerrte. Diese gottverdammten Leute – dieses gottverdammte Land. Sie war noch nie so einsam gewesen.

»Hey Ma, weshalb weinst du denn?«

»Ich weine nicht. Das geht dich nichts an. Verschwinde jetzt bitte, Bobby.«

Es klingelte, und sie wischte sich rasch das Gesicht ab und eilte zur Tür.

»Hi, Betty«, sagte Marylou Smith in ihrem schläfrigen Südstaatenton. Sie war wie üblich ziemlich aufgedonnert und hatte ihre sechsjährige Tochter Brenda dabei.

»Junge, bin ich froh, dich zu sehen«, sagte Betty, und das Seltsame war, dass es stimmte. Sie mochte Marylou nicht besonders, aber ihre Männer waren auf demselben Schiff, und seit ihrer Ankunft in Europa kam Marylou dem am nächsten, was man als Freundin bezeichnete. »Ehrlich, ich dreh durch, wenn ich noch einen Augenblick länger in diesem Land bleiben muss. Guck dir das mal an! Guck, was dieses verdammte kleine Miststück von Concierge die Frechheit gehabt hat, mir unter der Tür durchzuschieben!«

Marylou las den Zettel langsam laut vor und ließ ihn auf den Tisch fallen. »Ach, das. Ist es das erste Mal, dass du so was bekommst? Wir kriegen solche Nachrichten ständig. Ich beachte die gar nicht mehr.«

Das war immerhin etwas. Wenigstens war sie nicht die Einzige.

Marylou schlenderte zum Spiegel und betupfte ihr Haar. »Wo wart ihr denn den ganzen Tag, Betty? Ich hab euch überall gesucht.«

»Ach, unten am Strand.«

»Ja? Du hättst mir sagen sollen, dass ihr hingeht. Dann wär ich mitgekommen. Weil, ich geh nicht so gern allein hin.« Eigentlich machte Marylou nichts gern allein – das war das Lästige an ihr. Sie glich einem hilflosen Kind; immer musste jemand bei ihr sein. »Hör mal, Betty, lass uns heute Abend zusammen essen, okay? Ich hab einen großen Schweinebraten, den können wir bei euch zubereiten. Okay?«

»Okay«, sagte Betty. An einem anderen Tag hätte sie sich vielleicht eine Ausrede einfallen lassen, doch heute schien es ihr eine gute Idee zu sein. Zumindest hätte sie jemanden zum Reden.

»Dann hol ich das ganze Zeug mal«, sagte Marylou und zog auf dem Weg zur Tür eine Parfümwolke hinter sich her. Betty verstand nicht, warum sie sich immer so auftakelte – Nylonstrümpfe, Pumps, enger Rock –, bloß um dann im Haus rumzusitzen. Vielleicht waren die Frauen in den Südstaaten anders, aber es kam ihr seltsam vor. »Du bleibst hier und spielst, Brenda«, sagte Marylou und hob drohend den Finger, »und wehe, du machst Scherereien, während ich weg bin, hast du gehört?« Doch Brenda machte bereits Scherereien. Sie hatte eins von Bobbys Spielzeugen, ein kaputtes Segelboot, aufgehoben, und als Bobby danach griff, schubste sie ihn zu Boden. Sie war ein Aas, diese Brenda. »Benimm dich, verstanden?« Marylou, ungelenk in ihrem engen Rock, schlug nach ihr, ohne zu treffen.

Immer noch das Segelboot in der Hand, huschte Brenda davon, bis sie außer Reichweite war, und begann sich aufzuspielen. »Ich erzähl Daddy alles von dir«, sagte sie rotzfrech zu ihrer Mutter.

»Was willst du ihm denn erzählen?«, wollte Marylou wissen, die Hände in die Hüften gestemmt. Es war komisch, die beiden zusammen zu beobachten – sie waren wie zwei kleine Kinder. »Wenn du so schlau bist, was willst du ihm dann erzählen?«

»Von deinem Freund«, sagte Brenda, und diesmal kam sie nicht ungeschoren davon. Mit zwei schnellen Pumpsschritten stürzte sich Marylou auf die Kleine und schlug so fest zu, dass das Segelboot auf den Boden fiel. »Erzähl bloß keine Märchen, du kleines Lügenmaul!«, übertönte sie Brendas Gejammer. »Dich werd ich lehren, Lügen zu erzählen!«

Also wirklich, dachte Betty, und es fiel ihr schwer, die beiden nicht anzustarren. Das musste sie Eddie erzählen, wenn er nach Hause kam – er sagte immer, Marylou sehe aus wie ein kleines Flittchen. Nicht dass Betty irgendwas gegen sie hatte – und sie war auch nicht prüde oder so –, aber trotzdem, wenn jemandem das eigene Kind so was sagte, das gab einem wirklich zu denken.

»Weiß wirklich nicht, was ihr einfällt, so mit ihrer Mutter zu reden«, sagte Marylou. »Jetzt hör auf zu flennen, Brenda, und sieh zu, dass du brav bist. Verstanden?«

Es lief darauf hinaus, dass Betty allein kochte. Marylou saß bloß in der Küche rum, rauchte Zigaretten und bot ihr nicht mal an, beim Tischdecken zu helfen, doch das war Betty ziemlich egal; wenn sie alles allein übernahm, konnte sie wenigstens sicher sein, dass es richtig gemacht wurde. Das Abendessen selbst war der reinste Wettkampf, denn die Kinder bombardierten sich mit Brot und Soße und schrien die ganze Zeit, und danach musste ein Berg Geschirr gespült werden. Marylou trocknete ab, was durchaus hilfreich war, auch wenn Betty ihr ständig zeigen musste, wo die verschiedenen Teller hinkamen. Doch schließlich waren sie fertig, brachten die Kinder ins Bett – sie legten Brenda ins Bett der Zwillinge und ließen die Zwillinge im Kinderwagen schlafen –, konnten sich im Wohnzimmer bei einer Tasse Kaffee entspannen und blickten zwischen den großen Stämmen der Königspalmen hindurch aufs abendliche Meer hinaus.

»Du hast einen ganz tollen Blick von hier«, sagte Marylou und rekelte sich zufrieden auf dem Sofa. »Gefällt mir viel besser als bei uns.«

»Ja, der ist schön«, sagte Betty, »aber ich weiß nicht. Ich bin so dran gewöhnt, dass es mir kaum noch auffällt. Könnte genauso gut eine Tapete sein oder so.« Als Eddie zu Hause gewesen war, hatte das Fenster den Blick auf den vor Anker liegenden Flugzeugträger freigegeben; es war irgendwie schön gewesen, auf dem Sofa zu sitzen und seine große Silhouette draußen auf dem Wasser zu sehen – beruhigend, als sei er da, um über sie zu wachen. Jetzt lag ein anderer Teil der Flotte vor

Anker, und in der Bucht drängten sich kleinere Schiffe, die seltsam aussahen – Minensuchboote, glaubte sie. »Noch sechs Wochen«, sagte sie. »Stimmt's?«

»Nur noch sechs Wochen, mehr nicht? Ich dachte, es wären sieben. Nee, mal sehen« – Marylou zählte ihre roten Fingernägel – »ja, du hast recht, sechs Wochen.«

»Gott, ich kann's kaum erwarten, und du?« Doch noch während sie es aussprach, wusste Betty, dass es nur teilweise stimmte. Ob einsam oder nicht, sie war nicht dumm, und sie konnte sich gut genug an Eddies letzten Urlaub erinnern – wie er sich beklagt (»Kannste die Wohnung nicht sauber halten?«) und befürchtet hatte, die Kinder könnten seine verdammte kostbare Ausgehuniform beschmutzen. Und an den Abenden: Karten spielen und streiten, streiten und Karten spielen. »Hör mal, Marylou, wenn sie diesmal nach Hause kommen, könnten wir vier doch öfter ausgehen, statt jeden Abend rumzusitzen und Canasta zu spielen. Als Eddie letztes Mal hier war, sind wir nur zwei Mal ausgegangen. Und ich meine, ab und zu muss man einfach mal raus – sich schick machen und in einen der Nachtclubs in der Stadt gehen, vielleicht auch bloß an der Promenade entlangspazieren oder so –, zumindest mal aus der Wohnung kommen und sich wie ein Mensch fühlen.«

Marylou zeigte ein flüchtiges Lächeln, mit dem sie genau wie Brenda aussah. »Hast du keine Lust, einfach mal mit 'ner Freundin auszugehen? Weil, ich wollte grad sagen, warum gehen wir beide heute Abend nicht aus?«

»Ach, ich weiß nicht. Nur wir beide, allein?«

Marylou zuckte mit den Schultern, die Augen groß und ausdruckslos. »Warum nicht?«, sagte sie. »Jede Menge gute Lokale. Da ist dieser wirklich tolle Laden, die Hollywood Bar, wahrscheinlich hast du sie schon mal gesehen, da drin ist es wie in den Staaten, alle total freundlich und so. Viele Matrosen gehen da mit ihren Frauen hin, und ich meine, es ist nicht so wie manche dieser Lokale hier in der Gegend. Da gibt's keine Huren, ›Barmädchen‹ oder so was Ähnliches ...«

»Ach, ich weiß nicht«, sagte Betty. »Hör mal, ich will ja nicht prüde klingen oder so, Marylou, aber ich meine, ich hab drei Kinder und jede Menge Verpflichtungen. Ich käme mir irgendwie komisch vor, wenn ich einfach so ausgehen würde.«

Marylou zuckte wieder mit den Schultern und strich mit leicht beleidigtem Blick die Zigarettenasche von ihrem wohlgeformten Schenkel. »Okay«, sagte sie, »aber ich finde nichts Schlimmes daran, dazusitzen und was zu trinken, mich vielleicht mit einem Mann zu unterhalten und so. Ich weiß, *mein* Mann hätte nichts dagegen.«

»Na ja, meiner wahrscheinlich auch nicht. Ich käme mir einfach komisch vor, das ist alles.«

»Warum denn?«

»Einfach weil ... Ach, wahrscheinlich ist es in Ordnung, wenn ich mich bloß unterhalte. Ich meine ...« Sie kam sich lächerlich vor, befürchtete, zu erröten. »Ich meine, das klingt hoffentlich nicht, als hielte ich dich ...« Doch alles, was sie jetzt sagte, würde es bloß noch schlimmer machen. Sie lachte. »Ach, vergiss es, ich klinge wohl ziemlich prüde. Tut mir leid. Klar, du hast recht.«

Diesmal war Marylous Schulterzucken vollendet. »Ist mir ganz egal, Schätzchen. Du willst ausgehen? Okay. Du willst nicht? Das ist auch okay.« Und plötzlich wusste Betty, dass sie mitgehen würde. Es war, als hätte sie es die ganze Zeit im Hinterkopf gehabt – den ganzen Abend, den ganzen Tag. »Okay, machen wir's«, sagte sie. »Aber hör zu, wir bleiben nicht lange weg, denn ich lass die Kinder nicht gern allein, okay? Und bevor wir gehen, müssen wir warten, bis wir sicher sind, dass sie schlafen.«

»Klar«, sagte Marylou. »Ich hab's nicht eilig.« Sie lehnte sich zurück und lächelte. »Aber so willst du doch nicht gehen, oder, Schätzchen?«

Betty lachte und betrachtete ihre zerknitterten Shorts. »Du lieber Himmel, nein, wäre das nicht ein Bild für die Götter? Wenn wir ausgehen, sollte ich auch ein Bad nehmen. Hör mal, du musst mich beraten, was ich anziehen soll, Marylou, okay? Komm mal mit zum Schrank.«

Marylou stand träge auf und sah dabei zu, wie Betty ihre Kleider durchging und mit den Drahtbügeln klimperte. »Ich mag das da«, sagte sie. »Das ist wirklich toll.«

»Das hier?«, fragte Betty. »Meinst du nicht, das ist ein bisschen zu ... keine Ahnung ... zu förmlich oder so?« Doch sie hatte bereits beschlossen, es anzuziehen. Es war ihr bestes Stück, ein teures schwarzes Satinkleid, das Eddie gefiel, und sie hatte es seit seinem letzten Urlaub nicht mehr getragen, seit dem Abend, an dem er mit ihr in einen Cary-Grant-Film gegangen war, der in der Stadt lief. (Sie hatten es seit Tagen geplant und hatten schon bezahlt und auf ihren Plätzen gesessen, als sie feststellten, dass der Film auf Französisch war – sie verstanden kein einziges Wort, und Betty war so enttäuscht gewesen, dass sie fast in Tränen ausgebrochen wäre.) »Okay«, sagte sie und nahm es aus dem Schrank. »Dann zieh ich das hier an.«

Sie badete rasch und zog frische Unterwäsche und Nylonstrümpfe an (auch Nylonstrümpfe hatte sie seit dem letzten Urlaub nicht mehr getragen, und sie fühlten sich an ihren Beinen seltsam an). Dann bürstete sie ihre Wildlederpumps, zog das Kleid an, schminkte und frisierte sich, und als sie fertig war, posierte sie vor dem Spiegel. »Wie sehe ich aus?«

»Wirklich toll«, sagte Marylou, doch Betty wusste, dass das nicht stimmte – erst recht als Marylou neben sie trat. Betty würde ohne Umschweife zugeben, dass sie nicht besonders gut aussah. Sie war erst dreißig, sah aber viel älter aus, besonders vom Körper her – nach den Zwillingen hatte sie ihre Figur nie zurückerlangt. Ihre Zähne sahen seltsam aus, an ihrer Stirn schälte sich nach einem frischen Sonnenbrand die Haut, und der Puder hatte alles noch schlimmer gemacht. Sie steckte ein paar widerspenstige Haare fest und wandte sich resigniert ab. »Okay. Lass uns nach den Kindern sehen, dann können wir gehen.«

Marylou hatte recht mit der Hollywood Bar – dort fühlte man sich tatsächlich in die Staaten versetzt. Der Raum war lang und dunkel, mit Ledersitzen und schwarzen Spiegeln, und es gab sogar eine Jukebox. Als sie reinkamen, begrüßte der Mann an der Kasse Marylou mit Namen, absolut freundlich, und auch wenn sein Akzent eher englisch als amerikanisch klang, hatte er nichts Französisches an sich. Sie setzten sich an einen kleinen Tisch an der Wand, bestellten Bier und sahen sich um. Das Lokal war voll amerikanischer Matrosen. Auf der anderen Seite des Gangs saßen vier von ihnen – zwei gelangweilt wirkende Stabsbootsmänner und zwei blutjunge Burschen –, und die anderen drängten sich an der Theke. Es waren so gut wie keine anderen Frauen da. Marylou schien sich damit zufriedenzugeben, einfach still dazusitzen, doch Betty spürte, dass sie selbst sich unterhalten musste, um sich nicht immer wieder umzuschauen. Also redete sie, hörte sich Marylous Antworten nur flüchtig an und drehte nervös ihr Glas. Ein seltsames Gefühl überkam sie, das ihr eigenartig vertraut war – die Brust wie eingeschnürt, erhitzt, drauf und dran zu kichern –, und plötzlich konnte sie sich erinnern. So hatte sie sich vor Jahren immer in Miller's Drugstore in Bayonne gefühlt, wenn sie und ihre Freundinnen dort nach der Schule vorbeischauten, um mit den Jungen rumzuschäkern. Der Gedanke erschreckte sie, und das, was dann passierte, machte es noch schlimmer: Die beiden jungen Matrosen von der anderen Seite des Gangs standen auf, um auf die Toilette zu gehen, und im Vorbeigehen starrten die beiden sie und dann Marylou mit einem seltsamen Blick an – irgendwie hart und ängstlich zugleich. Das gefiel ihr nicht. »Marylou, weißt du, was ich glaube?«, raunte sie. »Ich glaube, die halten uns für zwei französische Huren oder so was. Barmädchen oder wie du sie genannt hast.«

»Sei nicht albern, Schätzchen. Warum sollten sie?«

Vermutlich war es in der Tat albern, und als sie kurz darauf aufblickte, war sie sicher, dass es so war. Die beiden Stabsbootsmänner standen mit dem freundlichsten, beruhigendsten Lächeln der Welt vor ihnen. »Aus welcher Gegend in den Staaten kommt ihr?«

Betty grinste. »Woher wissen Sie denn, dass wir Amerikanerinnen sind?«

Beide lachten, und auch ihr Gelächter klang freundlich. »Ach, wissen Sie«, sagte der Erste, »Marinefrauen erkenne ich auf hundert Meter Entfernung. Ihr seid doch Marinefrauen, stimmt's? Ich hab's gewusst. Und aus welcher Gegend kommt ihr?«

Diesmal fragte er Marylou, und als sie »Raleigh, No'th Ca'lina« sagte, brach er in Gelächter aus. »Isses wahr? Gottverdammich!« Während des gesamten Wortwechsels stand der andere bloß lächelnd da, und Betty kam zu dem Schluss, dass er ihr wahrscheinlich besser gefiel. Er sah nicht so gut aus wie der Redselige, wirkte aber sanfter, und schüchterne Männer sagten ihr zu.

»Hört mal«, sagte der Redselige. »Ich heiße Al, und das hier ist Tom. Ihr habt doch nichts dagegen, wenn wir uns setzen, oder? Wo wir alle längst verheiratet sind?«

Betty und Marylou drängten sich eng zusammen und machten den Männern auf beiden Seiten Platz, und erst als er sich neben Betty niedergelassen hatte, sprach Tom, der Stille, schließlich. »Kommst du auch aus dem Süden? Du hast es noch nicht verraten.« Seine Stimme war ganz leise, und seine Lippen kräuselten sich in schüchternem Lächeln um die Worte. Er hatte ein großes unscheinbares Gesicht und einen kleinen rötlich gelben Schnurrbart.

»Nein«, sagte sie, »ich bin aus Bayonne, New Jersey. Ich heiße übrigens Betty. Betty Meyers.«

»Freut mich, dich kennenzulernen, Betty. Ich heiße Tom Taylor. Bayonne, hm? Da bin ich ein paarmal durchgefahren, hab aber nie gehalten. Ich bin in Baltimore zu Hause.«

»Ist deine Frau auch hier bei der Flotte, oder ist sie zu Hause geblieben?«

»O nein, sie ist zu Hause. Weißt du, wir haben drei Kinder, und sie dachte, das wäre hier ziemlich anstrengend für sie.«

»Kluges Mädchen«, sagte Betty. »Deine Frau ist wirklich klug. Ich hab nämlich auch drei Kinder, aber mein Mann hat immer gesagt, wie herrlich es sein würde, mit dem Strand und allem, dass er oft zu Hause sein würde und wir viele Freunde hätten, und da hab ich dumme Kuh Ja gesagt. Aber würde morgen ein Schiff nach Hause fahren, wär ich an Bord, das kannst du mir glauben. Wie alt sind deine Kinder?«

In dem schummrigen, rauchigen Licht klappte seine Brieftasche auf, und Betty beugte sich vor, um sich die Schnappschüsse anzusehen. Da waren eine stämmige, etwa fünfunddreißigjährige Frau in bedrucktem Kleid, die freundlich lächelte – Toms Frau –, und zwei flachsblonde kleine Jungen in T-Shirts, die mit zusammengekniffenen Augen in die Sonne blickten. »Der Große ist Tom junior, der ist jetzt zehn, und der Kleine heißt Barry, der ist sechs. Und dann haben wir noch ein kleines, fünfzehn Monate altes Mädchen – hier, ich zeig's dir. Da. Das Bild hab ich gemacht, als sie erst ein halbes Jahr alt war.«

»Oh!«, sagte Betty. »Die ist ja entzückend!«

»Na kommt schon, Schluss damit!« Al griff über Marylou hinweg und schnippte mit den Fingern vor ihren Gesichtern. »Schluss jetzt, ihr zwei. Was wollt ihr trinken?«

Also bestellten sie noch eine Runde, und Marylou und Al verließen den Tisch, um auf dem kleinen freien Fleckchen neben der Jukebox zu tanzen. »Lust zu tanzen?«, fragte Tom, und im Aufstehen sah Betty, dass die beiden jungen Matrosen sie grinsend beobachteten und sich gegenseitig anstießen. Das ärgerte sie, und als sie zur Tanzfläche kamen, fragte sie: »Sind das Freunde von dir? Die beiden da?«

Tom lachte. »Die da? Nee, das sind bloß zwei Jungs vom Schiff; wir haben uns nur mit ihnen unterhalten.« Er lachte wieder auf seine sanfte, ungezwungene Art und legte zum Tanzen die Hand um sie. »Diese verdammten jungen Burschen, die man heutzutage bei der Navy hat, die sind alle gleich. Man spricht mit ihnen über die Freiheit, spendiert ihnen ein Bier oder so, und schon denken sie, sie kennen sich aus, wenn du verstehst, was ich meine. Sie halten sich für was Besonderes, weil der Boss ihnen ein Bier spendiert.« Anfangs hielt er sie ganz steif, ein gutes Stück von seinem Körper entfernt, und berührte ihren Rücken nur leicht mit der Hand. »Den Rechten, den Rothaarigen mit den großen Ohren, finde ich echt faszinierend«, fuhr er fort. »Auf dem Schiff nennen wir ihn Junior, und mein Gott, das macht ihn fuchsteufelswild. Also hab ich ihn heute Abend ein, zwei Mal Red genannt, und da hat er mir fast die Hand geleckt wie ein Welpe.«

Sie lachte und schaute den Rothaarigen an. Der Junge senkte errötend den Blick und sah aus wie vierzehn.

»Nein, aber es ist seltsam«, sagte Tom, »wenn ich mit ihm rede, ist es fast so, als würde ich mit meinem eigenen Sohn reden – er scheint kein bisschen älter zu sein. Im Ernst, diese Jungs, die man heutzutage bei der Navy hat! Genau wie im Krieg.«

Sie ließ zu, dass er sie näher an sich zog, und entspannte sich, drehte sich zur Musik und dachte: Ist er nicht nett? Ich glaub gern, dass sie's toll finden, wenn er nett zu ihnen ist. Und war es nicht albern, mir darüber Gedanken zu machen, wie sie mich angesehen haben? Das sind doch noch Kinder.

Als das Lied zu Ende war, kehrten Marylou und Al an den Tisch zurück, doch Betty wollte noch ein bisschen tanzen. Das hatte sie lange nicht mehr getan, und Tom war ein guter Tänzer. Die Lieder waren alle französisch, doch das spielte keine Rolle – sie waren langsam und leidenschaftlich, gesungen von Frauen mit tiefen, traurigen Stimmen, und es ließ sich gut darauf tanzen.

Als sie schließlich zum Tisch zurückgingen, sah Betty kleine Gläser mit Whiskey neben ihrem Bier stehen. »He, was ist denn das? Das haben wir nicht bestellt.«

»Schhht!«, sagte Al und lugte um Marylou herum. »Die hat der Weihnachtsmann gebracht.«

»Na, ich weiß nicht«, sagte Betty. »Ist es okay, nach dem ganzen Bier noch Whiskey zu trinken?«

Al hielt einen Finger hoch und erklärte feierlich: »Bier auf Whiskey – very risky. Whiskey auf Bier – das rat ich dir.«

Danach geriet ihr alles durcheinander. Sie waren wohl noch eine Stunde, vielleicht auch länger, in der Hollywood Bar geblieben und hatten getanzt, getrunken und sich unterhalten. Sie war nicht betrunken gewesen – das wusste sie ganz genau –, aber alles verschwamm miteinander, weil sie sich so gut amüsiert hatte. Später fiel es ihr schwer, sich genau zu erinnern, was passiert war, außer dass Al bei ihrem Aufbruch irgendwo ein Taxi – einen großen, klotzigen Wagen – gefunden und sie und Tom auf den Klappsitzen gesessen hatten. Sie fuhren die Promenade entlang: auf einer Seite die prächtigen Hotels, manche mit Tischen draußen, mit Orchestermusikern in weißen Smokings und Frauen mit schönen Schultern in schönen Abendkleidern; und auf der anderen Seite Palmen und Sträucher, im Gras ringsum bunte Scheinwerfer versteckt, und dahinter das dunkle Meer. »Donnerwetter«, sagte Betty, »ist es nicht schön, wie sie nachts alles herrichten? Das ist wunderschön.« Sie wollte Marylou fragen, ob sie nicht genauso denke, doch Marylou und Al waren auf dem Rücksitz zu einer einzigen Gestalt verschmolzen – alles, was sie sehen konnte, war der große Schemen von Als Rücken, auf dem einer von Marylous weißen Armen lag.

Dann waren sie zurück in der Wohnung, alle lachten, und Al stellte Gläser zurecht für eine Flasche Scotch, die er irgendwo besorgt hatte. Sie schaltete im Wohnzimmer alle Lampen an, doch irgendwer schaltete die meisten wieder aus und suchte im Radio nach Tanzmusik.

»Schhht!«, sagte Betty. »Dreht es bitte leiser. Ich muss nach den Kindern sehen.« Sie schlich auf Zehenspitzen ins dunkle Schlafzimmer und betrachtete sie der Reihe nach: Die Zwillinge schliefen tief und fest im Kinderwagen, Bobby regte sich kurz, als sie ihn zudeckte, Brenda war in ihr Kissen vergraben.

Als sie ins Wohnzimmer zurückkehrte, war nur noch Tom da. »Wo ist denn Marylou abgeblieben?«, fragte sie. »Und Al?«

Er stand mit einem Drink in der Hand vom Sofa auf und lächelte. »Ich glaube, sie sind raufgegangen, um nach Marylous Kind zu sehen.«

»Aber ihr Kind ist *hier*.«

»Na ja«, sagte Tom mit kurzem Lachen. »Dann sind sie wohl raufgegangen, um … sich ihre Wohnung anzusehen oder so. Komm, setz dich.«

Plötzlich wusste sie, dass es passieren würde. Als sie zum Sofa ging, schnürte sich ihr die Kehle zu, und das Zimmer schien zu schlingern wie ein Schiff in einer langsamen Grunddünung.

»Hier«, sagte Tom. »Dein Drink wird sonst schal.« Sein Gesicht war gerötet, und die Mundwinkel zuckten verlegen unterm Schnurrbart, als er ihr das Glas reichte. »Du hast ein wirklich hübsches Kleid an, Betty.«

»Gefällt es dir?« Sie strich den Satin an ihren Schenkeln glatt und setzte sich neben ihn. »Das ist das erste Mal, dass ich es trage, seit Eddie – das ist mein Mann – zu Hause war. Damals sind wir ins Kino gegangen.«

»Ach ja?« Seine Augen funkelten sie an.

»Wir haben uns diesen tollen Cary-Grant-Film angesehen, der in der Stadt lief, ich hab den Titel vergessen. Allerdings haben wir erst im Kino gemerkt, dass er auf Französisch war.« Ihre Stimme klang hoch und erstickt, und sie hatte Probleme zu atmen.

»Ach ja?«

»Der ganze Film war auf Französisch, und wir haben kein einziges Wort verstanden.«

»Ach ja?« Im Radio lief ein gedämpfter Klavierwalzer, und draußen rauschten die Palmen. Beide stellten ihre Gläser gleichzeitig ab, und sie wusste, dass es passieren würde. Anfangs waren seine Hände schüchtern, doch dann wurden sie sicher – sanft, aber sicher. »Nicht, Tom«, sagte sie und wandte den Mund ab. »Bitte nicht.« Aber nichts auf der Welt konnte es jetzt noch verhindern. »Sie kommen bestimmt zurück«, flüsterte sie.

»Nein, tun sie nicht«, murmelte er an ihrem Mund. »So wie ich den guten alten Al kenne.« Doch sie gab nicht nach – konnte es nicht –, bis sie ihn sagen hörte: »Und überhaupt, ich hab die Tür abgeschlossen.«

Dann fügte sie sich, erstaunt über die wimmernden Tierlaute ihres Atems zwischen den Küssen, schloss die Arme um seinen warmen, kräftigen Nacken und fügte sich, fügte sich, ohne sich um irgendwas anderes auf der Welt zu kümmern.

Als alles vorbei war, lagen sie lange still da, bis ihr Atem wieder normal ging, und sie wartete darauf, von Schuldgefühlen überwältigt zu werden. Doch es kamen keine. Auch als sie sich zwang, an Eddie zu denken – sich sein Gesicht vorzustellen –, machte ihr das nichts aus. Das hier hatte nicht das Geringste mit Eddie zu tun. Mit dem Finger fuhr sie Toms Wange, seinen lächelnden Schnurrbart, sein raues Kinn entlang. »Tom«, sagte sie. »Oh, Tom.« Sie kam wieder außer Atem. »Ich hab grade an meinen Mann gedacht, und weißt du was? Ist mir egal. Außer uns ist mir einfach alles egal, Tom.«

»Ja, ich weiß«, sagte er. »So ist das eben. Mir ist auch alles andere egal.«

»Meinst du das ernst? Meinst du das wirklich ernst? Aber Tom – was sollen wir jetzt tun?«

Er seufzte. »Das müssen wir uns überlegen, Liebes. Das müssen wir rausfinden. Werd ich dir fehlen?«

»Du willst doch nicht …«

»Ich muss, Betty. Ich muss wirklich. Aber ich komm schon bald wieder. So bald wie möglich.«

»Ach, geh noch nicht. Bitte bleib noch ein Weilchen.«

Doch er stand auf und war in ein paar Minuten fertig, knöpfte seine adrette hellbraune Uniformjacke zu, zupfte sie zurecht und kämmte sich das Haar. Dann tranken sie ihre Gläser aus und rauchten noch eine

Zigarette, und beide schrieben äußerst sorgfältig ihren vollen Namen und ihre Adresse auf und tauschten sie aus. Er küsste sie und tändelte noch ein bisschen herum, und sie unternahm alles, was sie konnte, damit er blieb, doch es hatte keinen Zweck. Er sagte immer wieder, er müsse gehen, flüsterte, streichelte sie, beruhigte sie, ging rückwärts zur Tür. »So bald wie möglich, Liebes, dann reden wir drüber. Und jetzt zeig ein Lächeln.« Nach einem letzten Kuss war sie allein. Wichtig war, sich zu beschäftigen. Sie sammelte die Gläser und Aschenbecher ein, spülte sie aus und räumte das Zimmer auf. Sie schaltete das Radio aus, schaltete es wieder ein. Dann zog sie ihren Schlafanzug und den Morgenmantel an und bürstete sich lange das Haar – hundertmal auf jeder Seite –, wie sie es vor ihrer Heirat immer getan hatte. Wenn sie das Ganze bereuen wollte, dann war jetzt der Moment, damit anzufangen. Und wenn nicht, tja, dann eben nicht. So einfach war das. Sie schlich wieder ins Schlafzimmer, um nach den Kindern zu sehen. Alle waren zugedeckt. Das gedämpfte Licht von der Tür fiel auf Bobbys Gesicht, niedlich und babygleich im Schlaf, und sie musste darüber lächeln, dass es am Nachmittag noch ganz anders gewesen war: schmutzig und laut und putzmunter. (»Hey Ma, weshalb weinst du denn?«) Ihre Augen brannten leicht, als sie sich behutsam übers Bett beugte und ihm einen Kuss gab. In dem Gefühl, geliebt und geborgen zu sein, schlenderte sie voll Anmut ins Wohnzimmer zurück. Sie konnte ihm noch in dieser Nacht schreiben – »Geliebter Tom« –, doch sie war zu müde. Am nächsten Abend würde völlig ausreichen, und vielleicht kam ja am Morgen ein Brief von ihm – vielleicht würde er selbst abends wiederkommen. Sie stand lange am großen Fenster und schaute hinaus. Der Mond malte einen breiten Silberstreifen aufs Meer, stellenweise von Schiffen durchbrochen (Welches war das von Tom?), und die glatten Oberflächen der Palmblätter glitzerten fast so, als wären sie mit Eis überzogen. Das Wort »Frieden« ging ihr durch den Kopf. Alles war friedvoll.

Tom ging in eins der noch offenen Cafés in der Nähe des Piers, um eine Tasse Kaffee zu trinken. Nach einem Blick in den Spiegel hinter der Theke wischte er sich als Erstes mit seinem Taschentuch den Lippenstift vom Mund. Er bekam nicht alles ab; es erforderte Wasser und Seife, um den beharrlichen rosa Schimmer loszuwerden. Plötzlich sah er im Spiegel, dass die beiden Jungs an einem der Tische saßen – Junior und sein Freund. Sie hatten ihre weißen Mützchen in die Stirn geschoben, um verwegen auszusehen, und standen grinsend auf, um rüberzukommen.

»Guck mal, wer da ist«, sagte Junior. »Was gibt's Neues, Boss?« Er war erwartungsvoll wie eine junge Braut. Tom sah sich um, ohne zu lächeln. »Was zum Teufel macht ihr noch so spät hier? Viel zu spät für brave Jungs, um noch unterwegs zu sein.«

»Was ist denn aus Ihrem Kumpel geworden?«, fragte Junior grinsend. »Hat er ein Zuhause gefunden?«

Tom musterte den Jungen eingehend und nahm seine Tasse. Die beiden sollten sich hüten, so mit einem Vorgesetzten zu reden. Was ist aus Ihrem Kumpel geworden, Herrgott nochmal. Aber egal; das würde er ihm auf dem Schiff ganz schnell austreiben. »Woher zum Teufel soll ich das wissen?«, sagte er. »Komm mir nicht frech, Junior.«

Das brachte ihn zum Schweigen, doch sofort ergriff der andere Bursche das Wort. »Und wie ist es gelaufen, Boss? Haben Sie's geschafft?«

Tom stellte die Tasse auf die Untertasse zurück. »Kleiner«, sagte er, »wer so was nicht hinkriegt, sollte seine Uniform abgeben.«

Die beiden klatschten sich johlend auf die Schenkel. Tom faltete den Zettel auseinander, den Betty ihm gegeben hatte, und zog sein Adressbuch hervor. »Hat einer von euch einen Stift?«

Sie streckten ihm zwei schreibbereite Füller entgegen. Er wählte einen aus und übertrug die Adresse sorgfältig in das Buch. *Mrs Betty Meyers* ... Dann gab er den Füller zurück, warf den Zettel auf den Boden, wedelte das Buch ein paarmal hin und her, bis die Tinte getrocknet war, und schlug es zu.

»Wie ich sehe, bewahren Sie ihre Adresse auf«, sagte Junior. »So schlecht kann's dann ja nicht gewesen sein.«

»Klar«, sagte Tom. »Warum nicht?«

»Und hat sie *Ihre* Adresse?«

Die Frage war so dumm, dass Tom zum Schein mitspielte. »Klar«, sagte er leise, sah den Jungen mit trägem Lächeln an und führte die Tasse an die Lippen. »Warum nicht?«

Der Junge prustete los. »Oh-ho-ho-*ho*! Da müssen Sie aber aufpassen, Boss – bei so was müssen Sie vorsichtig sein! Irgendwann ist ja ihr Mann wieder in der Stadt!«

Immer noch lächelnd, stellte Tom die Tasse ab und schüttelte den Kopf. Es war kaum zu glauben. Diese Jungs, die man heutzutage bei der Navy hatte. »Mein Gott, Junior. Wann wirst du endlich erwachsen? Was denkst du denn … dass ich ihr meinen richtigen Namen genannt habe?«

DIEBE

»Talent«, sagte Robert Blaine mit seiner trägen, kränklichen Stimme, »heißt bloß, dass man weiß, wie man etwas bewerkstelligt.« Er lehnte sich mit leuchtenden Augen in sein Kissen zurück und schob seine dünnen Beine unters Bettlaken. »Beantwortet das deine Frage?«

»Also, Moment mal, Bob«, sagte Jones. Sein Rollstuhl stand respektvoll neben dem Bett, und er wirkte interessiert, aber unzufrieden und war anderer Meinung. »Ich würde es nicht so definieren, dass man weiß, wie man etwas bewerkstelligt. Ich meine, hängt es nicht stark von der speziellen Art von Talent ab, von der man spricht, von dem speziellen Arbeitsfeld?«

»Ach, so ein Unsinn«, sagte Blaine. »Talent ist Talent.«

So begann das abendliche Gespräch an Blaines Bett. Nach dem Wegbringen der Tabletts, wenn die Sonne lange gelbe Streifen auf den Fußboden unter den westlichen Fenstern warf und auf ihrem Weg die silbernen Speichen der Rollstühle erglänzen ließ, entstand auf der Tuberkulosestation stets eine Pause; in dieser Zeit versammelten sich die meisten der dreißig Männer, die auf der Station lebten, in kleinen Gruppen, um sich zu unterhalten oder Karten zu spielen.

Jones kam gewöhnlich zu Blaines Bett herüber. Er hielt Blaine für den gelehrtesten Mann und den besten Gesprächspartner im ganzen Gebäude, und wenn es etwas gab, das Jones zu schätzen wusste, dann war es ein gutes Schwätzchen. An diesem Abend hatte sich der junge O'Grady zu ihnen gesellt, ein stämmiger Neuankömmling auf der Station, der zusammengekauert am Fußende von Blaines Bett saß und den Blick von einem Sprecher zum anderen huschen ließ. Was war Talent? Blaine hatte das Wort verwendet, Jones hatte eine Definition verlangt, und jetzt waren die Grenzen gezogen – zumindest so klar wie möglich.

»Die beste Definition, die ich dir geben kann«, sagte Blaine. »Die einzige Definition, die's gibt. Dass man weiß, wie man etwas bewerkstelligt. Und das größte Talent ist Genialität, die Männer wie Louis Armstrong unter Trompetern oder Dostojewski unter Schriftstellern zu einer Klasse für sich macht. Viele Leute wissen mehr über Musik als Armstrong; der Unterschied liegt darin, wie er's hinkriegt. Und dasselbe gilt für einen erstklassigen Baseballspieler, einen erstklassigen Arzt oder einen Historiker wie Gibbon. Ganz einfach.«

»Klar, das stimmt«, sagte O'Grady ernst. »Nehmen wir mal jemanden wie Branch Rickey, der weiß so gut wie alles über Baseball, aber das heißt nicht, dass er ein Spitzenspieler gewesen wäre.«

»Stimmt«, sagte Blaine, »genau so ist es.« O'Grady nickte erfreut.

»Oh-ho, jetzt mal einen Moment, Bob ...« Jones wand sich ungeduldig in seinem Rollstuhl, begeistert von der Klugheit des Arguments, das er vorbringen wollte. »Ich glaube, jetzt hab ich dich. Branch Rickey ist sehr talentiert – aber als Baseball*funktionär*. Sein Talent liegt auf *diesem* Gebiet; er ist nicht dazu ausersehen, Spieler zu sein.«

»Ach, Jones.« Verzweifelt verzog Blaine das Gesicht. »Geh wieder ins Bett und lies deine Comic-Hefte, Herrgott noch mal!«

Jones johlte triumphierend, klatschte sich kichernd auf den Schenkel, und für einen Augenblick schien O'Grady unschlüssig, ob er über ihn oder über Blaine lachen sollte. Er entschied sich für Jones, und Jones' Lächeln erschlaffte angesichts dieser Attacke. »Nein, ich hab bloß gemeint, dass man Branch Rickey nicht gut als Beispiel für ...«

»Ich stelle niemanden als Beispiel für irgendwas hin«, sagte Blaine. »Wenn du bloß *zuhören* würdest, statt die ganze Zeit rumzuplappern, dann wüsstest du auch, wovon wir reden.« Er wandte empört den Kopf ab, und O'Grady, der immer noch lächelte, starrte seine massigen Hände an. Jones murmelte eine kurze, unverständliche Unterwürfigkeitsformel, so was wie »Schon gut« oder »Tut mir leid«.

Schließlich drehte sich Blaine wieder um. »Alles, was ich sagen will«, begann er mit der wohldurchdachten Geduld eines Mannes, der sich zusammengerissen hat, »ist die simple Tatsache, dass manche Menschen die Fähigkeit besitzen, etwas zu bewerkstelligen, und wir diese Fähigkeit Talent nennen, dass das nicht das Geringste mit angehäuftem Wissen zu tun haben muss und den allermeisten Menschen diese Fähigkeit abgeht. Und, ist es jetzt klar?« Seine Augen waren hervorgequollen, und der Rest seines Gesichts sah noch eingefallener aus als sonst. Eine magere Hand war vorgestreckt, die Handfläche nach oben, die Finger in einem gequälten Appell an die Vernunft zusammengekrampft.

»Gut«, sagte Jones, »im Sinne der Argumentation lasse ich das gelten.«

Blaines Hand fiel leblos auf die Tagesdecke. »Spielt keine Rolle, ob du's gelten lässt oder nicht, du dummer Mistkerl. Zufällig ist es die Wahrheit. Menschen mit Talent bringen etwas zustande, formulieren wir's mal so. Menschen mit Talent lassen sich auf etwas ein. Talent, kapiert? Das überwindet all eure Schranken der Konvention, eure ganze gottverdammte Mittelstandsmoral. Ein talentierter Mensch kann alles erreichen, kann sich alles erlauben. Frag irgendwen, dessen Aufgabe es ist, Leute einzuschätzen – irgendeinen qualifizierten Psychologen, meinetwegen auch einen Hochstapler oder Spieler –, irgendeinen halbwegs scharfsinnigen Menschen, der es mit der Öffentlichkeit zu tun hat. Die werden dir alle dasselbe sagen. Manche haben's und manche nicht, das ist alles. Verdammt, ich geb euch ein Beispiel. Kennt ihr euch aus mit diesen kleinen, teuren Herrenbekleidungsläden an der Madison Avenue?« Beide schüttelten den Kopf. »Na ja, spielt keine Rolle. Der springende Punkt ist, dass diese Läden die besten der Stadt sind. Sehr konservatives, gutes englisches Schneiderhandwerk. Wahrscheinlich die besten Herrenausstatter im ganzen Land.«

»O ja«, sagte O'Grady, »ich glaube, ich kenne die Gegend.« Doch Jones sagte kichernd: »Ich kenne bloß Macy's und Gimbels.«

»Jedenfalls hab ich«, fuhr Blaine fort, »als ich nach New York kam, einmal einen dieser Läden betreten – muss neununddreißig oder vierzig gewesen sein.«

Alle Geschichten, die dem Zweck dienten, Robert Blaine als einen erfahrenen Mann von Welt zu zeigen, spielten neununddreißig oder vierzig, als er nach New York gekommen war, so wie diejenigen, die ihn als unbezähmbaren Jugendlichen zeigen sollten, in Chicago, »damals in der Wirtschaftskrise«, angesiedelt waren. Nur selten erzählte er Geschichten über die Army, in der er einen langweiligen Bürojob gehabt hatte, oder über die vielen Veteranenkrankenhäuser wie das hier, die seit dem Krieg sein Leben waren.

»Kam zufällig daran vorbei ... keine Ahnung; wohl unterwegs zu irgendeiner Blondine, und plötzlich sah ich diesen Mantel im Schaufenster, einen schönen, importierten englischen Mantel. Also, ich kam zu dem Schluss, dass ich ihn auf der Stelle haben wollte, wahrscheinlich sogar, dass ich ihn brauchte; so war ich damals gestrickt. Ich spazierte in den Laden und sagte dem Verkäufer, ich wollte ihn anprobieren. Der Mantel saß nicht richtig, zu eng an den Schultern oder irgendwas, und der Verkäufer fragte, ob ich etwas von besserer Qualität anprobieren wollte. Er sagte, er hätte gerade ein paar Mäntel aus England reinbekommen. Ich sagte klar, und er holte einen wirklich schönen Mantel ...« Das Wort *Mantel* war wegen eines plötzlichen

Hustenanfalls kaum zu verstehen, und eine seiner Hände umklammerte die Stelle, an der er beim letzten Mal operiert worden war, während die andere nach einem Sputumbecher tastete. O'Grady warf Jones während des Anfalls einen unbehaglichen Blick zu, doch schließlich kam Blaines eingefallene Brust unter dem Schlafanzug wieder zur Ruhe, und die geschwollene Ader an seiner Schläfe zog sich zusammen. Er lehnte sich zurück und holte tief Luft. Es war unmöglich, sich vorzustellen, wie er unterwegs zu einer Blondine die Madison Avenue entlangschlenderte; unmöglich, dass irgendein Mantel ihm an den Schultern zu eng gewesen sein könnte. Als er wieder das Wort ergriff, klang seine Stimme träge und angestrengt.

»Er holte einen wirklich schönen Mantel hervor. Wisst ihr, so einer, der nie aus der Mode kommt; weit geschnitten, schön gearbeitet, schwerer Stoff. Kaum hatte ich den Mantel angezogen, schon gehörte er mir, das ist alles. Er saß gut, passte gut zu dem Anzug, den ich trug. Noch bevor ich aufs Preisschild geschaut hatte, sagte ich, ich würde ihn nehmen. Ich glaube, er kostete mehr als zweihundert Dollar; wahrscheinlich hätte ich ihn auch genommen, wenn er fünfhundert gekostet hätte. Aber als ich das Preisschild abriss, fiel mir plötzlich ein, dass ich mein Scheckheft nicht dabeihatte.«

»O Gott«, sagte Jones.

»Inzwischen hatte ich mich mit dem Verkäufer über Kleidung und so unterhalten – ihr wisst schon; dicke Freunde –, also hab ich beschlossen, mich einfach durchzumogeln. Ich ging in dem Mantel zur Tür, und er sagte: ›Oh, Mr Blaine, würden Sie mir bitte Ihre Adresse geben?‹ Ich sagte: ›Ach ja, natürlich; wie dumm von mir‹ und lachte – ihr wisst schon –, und er lachte auch, und dann schrieb ich den Namen des Hotels auf, in dem ich wohnte, und wir plauderten noch ein bisschen. Er sagte: ›Sie müssen mal wieder vorbeischauen, Mr Blaine‹, und ich ging. Am nächsten Tag kam in der Post die Rechnung, und ich schickte ihm einen Scheck. Mit anderen Worten, er hatte keine Ahnung, wer ich war – ich hätte ihm eine falsche Adresse geben können und alles. Aber wegen meiner Kleidung, wegen meines Gangs und weil ich nicht aufs Preisschild geschaut hatte, bevor ich einwilligte, den Mantel zu kaufen, dachte er, es wäre gefahrlos, die Sache so zu handhaben.«

Jones und O'Grady schüttelten anerkennend den Kopf, und O'Grady sagte: »Nicht zu fassen.«

Robert Blaine lehnte sich schwer atmend zurück, und auf seinen trockenen Lippen lag ein Lächeln. Die Geschichte hatte ihn erschöpft.

»Das zeigt, was man sich bei unbefangenem Auftreten alles erlauben kann«, sagte Jones. »Wie damals, als ich noch klein war und wir in dem Billigladen bei uns zu Hause alles Mögliche geklaut haben. Verdammt, ich könnte wetten, dass unsere Bande diesen Laden« – seine Lippen bewegten sich, während er lächelnd nach einer passenden Zahl suchte – »na ja, eine ganze Stange Geld gekostet hat.«

Blaine öffnete den Mund, um Jones zu erklären, dass er nicht begriffen habe, worum es ging – Herrgott noch mal, er habe keine *Ladendiebstähle* gemeint –, doch dann schloss er ihn wieder, ohne etwas zu sagen, weil er keine Worte vergeuden wollte. Es hatte keinen Sinn, Jones irgendwas erklären zu wollen; und außerdem hatte dieser sich wieder in den Rollstuhl zurückgelehnt, verzog den Mund und schniefte heftig durch ein Nasenloch, was bedeutete, dass er selbst eine Geschichte erzählen wollte.

»Ich kann mich noch an einen Vorfall erinnern, als ich ungefähr fünfzehn war – nein, ich muss schon sechzehn gewesen sein, denn es war in dem Jahr, bevor ich zur Navy ging. Die anderen Jungs und ich, wir hatten die Methode, unbefangen aufzutreten, ziemlich perfektioniert, und eines Tages hab ich mich so gut gefühlt, dass ich zu dem Schluss kam, der Billigladen wär zu öde. Ich beschloss, mein Glück in dem großen Montgomery-Ward-Kaufhaus zu versuchen, das es bei uns gab, was natürlich viel schwieriger war. Ich dachte, ich würde es allein schaffen, wollte sehen, ob ich ungeschoren davonkam, um damit vor den anderen anzugeben – wie Jugendliche eben so sind. Also ging ich rein, ließ mir Zeit, drehte meine Runden ...« Seine Stimme, richtiggehend unmännlich in ihrer pedantischen Genauigkeit, plapperte immer weiter, der Tennessee-Akzent fast ausgebleicht von den zehn Jahren, die er fern seiner Heimat verbracht hatte (fünf in der Navy, erklärte er und hielt fünf Finger hoch, und fünf im Krankenhaus). Ein Mal hielt er inne, um in ein ordentlich gefaltetes Kleenex zu husten, das er in Blaines Mülltüte warf. Die Schwestern waren sich einig, dass Jones ein idealer

Patient war; er beklagte sich nie, verstieß gegen keine Vorschriften und hielt seine Habseligkeiten makellos sauber.

»Ich kann mich noch an alle Sachen erinnern, als wäre es gestern gewesen«, sagte er und spreizte die Finger, um sie aufzuzählen. »Ein kleiner Universalschraubenschlüssel; eins dieser Klappmesser mit Zwölf-Zentimeter-Klinge; drei oder vier Schachteln mit Kaliber-22-Munition; zwei kurze Sechzehn-Millimeter-Micky-Maus-Filme – fragt mich nicht, was ich *damit* wollte – und ein Vorhängeschloss aus rostfreiem Stahl. Tja, sie hatten dort einen Ladendetektiv, und der hat gesehen, wie ich das Schloss eingesteckt habe. Er ließ mich den ganzen Weg bis zur Tür gehen, dann kam er und hielt mich fest. Brachte mich mit dem ganzen Zeug in meiner Jacke und meinen Hosentaschen rauf zum Büro des Geschäftsführers. Angst? Mann, ich hatte 'ne Heidenangst. Aber er hatte bloß gesehen, wie ich das Schloss geklaut hatte, und weder er noch der Geschäftsführer kamen auf den Gedanken, ich könnte noch was anderes haben. Der Geschäftsführer nahm das Schloss und stauchte mich ungefähr zehn Minuten zusammen, notierte sich den Namen und die Adresse meiner Mutter und alles, und die ganze Zeit stand ich da und fragte mich, ob sie mich wohl durchsuchen würden, bevor sie mich gehen ließen, und dabei die Patronen und das andere Zeug fänden. Haben sie aber nicht; ich bin mit dem ganzen Zeug in meinen Taschen da rausspaziert und nach Hause gegangen. Und meine Mom hat auch nie was von dem Geschäftsführer gehört. Aber Mann, das war das letzte Mal, dass ich in *dem* Laden irgendwas ausprobiert hab!«

»Aber verstehst du denn nicht, du redest vom *Stehlen*«, sagte Robert Blaine. »Was ich gemeint habe …«

Doch O'Grady fiel ihm ins Wort, und O'Gradys Stimme war kräftiger. »Erinnert mich an einen Vorfall in der Army, als wir nach Le Havre kamen.« O'Grady verschränkte die starken Arme vor seinem Bademantel. Er sprach gern über die Zeit beim Militär. »Wart ihr schon mal in Le Havre? Tja, da könnt ihr jeden fragen, der da war, die werden euch alle sagen, dass es eine lausige Stadt ist. Ich meine, zum einen war alles total zerbombt, und das meiste von dem Teil, der stehen geblieben war, durften wir nicht betreten, aber am schlimmsten war, wie die Leute einen behandelt haben. Ich meine, die konnten mit GIs einfach nichts anfangen, ganz egal, wie nett man zu ihnen war. Jedenfalls bin ich mit drei von meinen Kumpels in eine Kneipe gegangen, so eine total runtergekommene Spelunke, und wir kamen direkt vom Schiff; wir wussten noch nicht, wie die Leute sind. Wir bestellen ein paar Cognacs, und der Barkeeper guckt uns total böse an, einfach so …« O'Grady machte ein unfreundliches Gesicht. Er war ein Jahr nach Kriegsende nach Le Havre gekommen, auf dem Weg zu den Besatzungstruppen, und das war seine erste Nacht in Europa gewesen, ein stämmiger junger Bursche mit schräg in die Stirn gezogenem PX-Schiffchen, die Augen beim Anblick von Ausländern zusammengekniffen. (Der Krieg mochte vorbei sein, aber erwartete sie in Deutschland kein Ärger mit den Russen? Hatte der Captain nicht gesagt: »Ihr seid noch immer in jeder Hinsicht Soldaten«?)

»Also, er bringt die Gläser, stellt sie hin, schnappt sich unseren Zaster und verschwindet in den hinteren Teil der Bar, wo diese anderen Froschfresser saßen. Zum Teufel, wir waren langsam stocksauer. Ich meine, wir konnten uns doch nicht bieten lassen, dass so ein gottverdammter französischer Barkeeper uns wie den letzten Dreck behandelt, wisst ihr? Also sagt einer von meinen Kumpels, ein Bursche namens Sitko: ›Komm mal her, Jack.‹« O'Gradys Blick wurde kühl, als er sich an Sitkos Gesicht erinnerte. »Er fragt: ›Du compri Englisch?‹ Der Kerl sagt Ja, ein bisschen, und der gute alte Sitko fragt: ›Was hast du gegen Amerikaner?‹ Der Kerl sagt, er versteht nicht – ihr wisst schon, ›no compri‹ oder irgend so was – und der gute alte Sitko sagt: ›Erzähl mir nichts, Freundchen, du compri ganz gut. Was hast du gegen Amerikaner?‹ Der Kerl tut immer noch so, als würde er nicht verstehen, und Sitko wird langsam richtig sauer, aber wir sagen: ›Vergiss es, Sitko. Der Kerl versteht nicht, lass ihn in Ruhe.‹ Also trinken wir weiter, noch ein paar Runden, und der gute alte Sitko sagt kein Wort, wird aber immer wütender. Je mehr er in sich reinkippt, umso wütender wird er. Und als wir aufbrechen wollen, sagt Sitko, lasst uns eine Flasche kaufen und ins Lager mitnehmen. Also rufen wir den Barkeeper wieder und fragen, wie viel er für eine Flasche haben will. Er schüttelt den Kopf, sagt Nein, er kann keine Flaschen verkaufen. Tja, dem guten alten Sitko, dem reicht's jetzt wirklich. Er wartet, bis der Barkeeper wieder weg ist, und dann bückt er sich unter der Theke durch – direkt da, wo wir stehen, ist so eine kleine Klappe –, schnappt sich eine Flasche vom Regal, reicht sie diesem anderen Burschen, Hawkins, und sagt: ›Halt die mal für mich, Hawk.‹ Dann reicht er mir eine und kommt mit ein paar anderen in den Händen wieder raus – alles reibungslos; von den Froschfressern hat keiner was gesehen. Also hatte jeder von uns eine Flasche – o Mann, ich hab vergessen, was wir alles hatten; Cognac war dabei, und wie heißt dieses andere Zeug? Calvados – den hatten wir auch und außerdem noch was anderes. Also steckten wir die Flaschen in unsere Feldjacken und wollen gerade gehen, sind schon fast an der Tür, als einer der Froschfresser schaltet. Er fängt an zu brüllen und zeigt mit dem Finger auf uns, und plötzlich kommen alle hinter uns her, aber inzwischen sind wir schon auf der Straße und rennen, was das Zeug hält.«

Jones rieb sich kichernd die Hände und presste sie zwischen die Schenkel. »Seid ihr ungeschoren davongekommen?«

»O ja, sind wir – letztendlich.« Man konnte O'Grady ansehen, dass er plötzlich beschlossen hatte, die Geschichte nachzubessern – entweder weil ihm ein Rückzug auf ganzer Linie unmännlich vorkam oder einfach, damit sie noch länger dauerte. »Doch direkt vor der Tür habe ich meine verdammte Flasche fallen gelassen – sie ist nicht kaputtgegangen, sondern bloß auf den Gehsteig gepoltert, und ich musste stehen bleiben und sie aufheben.«

»O Gott«, sagte Jones.

»Also bück ich mich, heb die verdammte Flasche auf, und plötzlich steht dieser bullige Froschfresser hinter mir. Ich richte mich auf, wirble herum, halte die Flasche am Hals und knalle sie ihm an den Schädel. Sie ist auch diesmal nicht kaputtgegangen – fragt mich nicht, was sie am Schädel dieses Mistkerls angerichtet hat, aber ich glaube, er war bewusstlos –, und dann bin ich wieder losgelaufen. Bin noch nie so schnell gerannt.«

»Haha, *verdammt*«, sagte Jones. »Ich könnte wetten, dass ihr an diesem Abend gefeiert habt, was?«

»Das kannst du aber glauben«, sagte O'Grady.

Robert Blaine hatte sich während der ganzen Geschichte offensichtlich verärgert hin und her gewunden. Jetzt stützte er sich mit einem Ellbogen ab und warf den beiden einen finsteren Blick zu. »Verdammt«, sagte er, »ihr redet vom *Stehlen.* Wenn ihr vom Stehlen reden wollt, ist das was anderes. *Ich* werde euch mal eine Geschichte erzählen. *Ich* werde euch mal eine Geschichte übers Stehlen erzählen. Die spielt in Chicago, damals in der Wirtschaftskrise. Kurz vor Weihnachten hatte ich meinen Job bei der *Tribune* verloren. Mein Frauchen saß mit unserem Sohn zu Hause – damals war ich verheiratet, wisst ihr? Hab mir damit nicht besonders viel Mühe gegeben, aber ich war verheiratet; unser Sohn war drei oder vier Jahre alt – und plötzlich stehe ich Weihnachten ohne Job da. Bin vier Tage auf Sauftour gegangen und schließlich mit diesem Fotomodell, einem Mädchen namens Irene, mit dem ich mich immer rumtrieb, in einem Hotel gelandet. Wunderschönes Ding. Groß, lange Beine, einfach umwerfend.«

O'Gradys Blick schnellte mit ungläubigem Lächeln zu Jones, doch Jones hörte aufmerksam zu, und Blaine unterbrach seinen eintönigen Vortrag nicht lange genug, um es zu bemerken. Es kam einem fast so vor, als könnte er nicht aufhören, als wäre das Reden eine Art Krampf, eine blutlose Blutung.

»Sie sagte: ›Robert, du musst dich zusammenreißen; weißt du, welcher Tag heute ist?‹ Wie sich rausstellte, war's Heiligabend. Ich sagte: ›Keine Sorge, Schätzchen. Komm, wir müssen ein paar Einkäufe machen.‹ Wir verließen das Hotel – sie musste die Rechnung bezahlen; ich war inzwischen vollkommen pleite –, und ich besorgte ein Taxi und fuhr mit ihr zu Marshall Field's. Sie sagte ständig: ›Ich verstehe nicht, Robert. Was soll das denn?‹ Als wir bei Marshall Field's anlangten, ging ich mit ihr rein und durch die Abteilung für Damenaccessoires, wo ich sie an der Hand mitzog. Wir fanden eine schöne Handtasche – keine Ahnung, Eidechsenleder oder so, um die fünfundzwanzig Dollar. Ich fragte Irene: ›Meinst du, die würde meinem Frauchen gefallen?‹ Sie sagte: ›Ganz bestimmt, aber du kannst dir so was nicht leisten.‹ Ich sagte: ›Hier, halt mal.‹ Ich reichte ihr die Tasche und zerrte sie durch die Menschenmenge. Wir gingen in die Spielzeugabteilung, wo ich einen großen Teddybär nahm und fragte: ›Irene, meinst du, der würde Bobby gefallen?‹ Sie sagte: ›Das kannst du nicht machen, Robert.‹ Und ich: ›Warum nicht? Ich mach's doch gerade, oder?‹ Ich gab ihr den Teddybär, und wir zogen weiter. Der Teddybär war so klein, dass sie ihn unterm Mantel verbergen konnte, wisst ihr, sie hatte einen großen Pelzmantel – und so streiften wir durch den ganzen Laden. Wir besorgten noch ein paar Sachen für meinen Sohn, und dann sagte sie: ›Wir müssen von hier verschwinden, Robert.‹ Und ich: ›Erst wenn wir was für dich gekauft haben, Baby.‹ Ich ging mit ihr zur Damenabteilung, schnappte mir eine schöne Seidenbluse in ihrer Größe vom Tresen, und dann gingen wir zur Eingangstür raus und nahmen ein Taxi. Ich brachte Irene nach Hause, lieh mir ein paar Dollar von ihr, damit ich den Fahrer bezahlen konnte, und dann fuhr ich zu mir. Irene konnte es kaum fassen. Sie sagte immer wieder: ›So was bringst auch nur du fertig, Robert.‹« Er lachte lautlos, und seine Augen funkelten.

»Tja«, sagte Jones kichernd und verschränkte die Finger. »Das zeigt bloß, was man sich alles erlauben kann.«

Doch Blaine war noch nicht fertig. »Der pflichtbewusste Gatte und Vater«, sagte er. »Kommt am Tag vor Weihnachten mit Geschenken nach Hause. In einem Taxi ...« Er lachte wieder, und es kostete ihn Mühe, das Grinsen seiner gelben Zähne zu unterbrechen, um zu sprechen. »So hab ich früher alles geregelt.« Er sank auf sein Kissen zurück, verstummte und atmete schwer, während Jones und O'Grady überlegten, was sie sagen sollten.

»Tja ...«, sagte O'Grady schließlich.

Blaine fiel ihm ins Wort. »Aber das ist noch nicht alles, was ich gestohlen hab«, sagte er. »Das ist noch nicht alles. Fast alles, was ich damals besaß, war gestohlen.« Sein Gesicht sah wieder ruhig aus, seine Augen glasig, und als er sprach, krochen seine Finger unter die Schlafanzugjacke, um die Narben zu betasten. »Herrgott, ich habe sogar Irene gestohlen! Ihr Mann verdiente mehr als fünfzigtausend im Jahr; sie verschwand mit mir nach New York, und wir lebten sechs Monate von seinem Zaster. Ich hatte rein gar nichts. Aber sie glaubte, ich hätte alles. Wahrscheinlich glaubt sie das immer noch. Sie hat ein großes Bündel von seinem Zaster gestohlen und ist mit mir nach New York. Ich hatte gar nichts. Sie glaubte, ich hätte alles. Hielt mich für ein Genie. Dachte, ich würde irgendwann ein neuer Sherwood Anderson sein. Wahrscheinlich glaubt sie das immer noch.«

»Tja, so ist wohl das Leben«, sagte Jones unbestimmt, und dann merkten er und O'Grady, dass Blaine Probleme hatte. Seine Augen waren geschlossen, er schluckte immer wieder – das erkannten sie am Auf-und-Ab-Hüpfen seines spitzen Adamsapfels –, und sie sahen, wie sich der Stoff seiner Schlafanzugjacke bei jedem seiner Herzschläge bewegte. Sein Atem ging flach und ungleichmäßig.

O'Grady starrte ihn einen Moment mit aufgerissenen Augen an, bis Jones ihm durch das Zurücksetzen und Umdrehen seines Rollstuhls signalisierte, dass es Zeit war zu gehen. Besorgt glitt O'Grady vom Bett und kam herüber, um den Rollstuhl für ihn zu schieben.

»Bis später, Bob«, rief Jones, als sie sich entfernten, doch Blaine gab keine Antwort. Er schlug nicht mal die Augen auf.

»Allmächtiger«, sagte O'Grady mit gedämpfter Stimme, sobald sie das Bett verlassen hatten. »Was ist denn mit dem los?«

»Die Nerven«, sagte Jones sachkundig. »Kommt bei ihm ziemlich oft vor. Schieb mich bitte zum Schwesternzimmer, O'Grady. Ich will nur Bescheid sagen; wahrscheinlich will die Schwester ihm den Puls messen und was nicht alles.«

»Okay«, sagte O'Grady. »Was meinst du mit den Nerven genau?«

»Na du weißt schon. Er regt sich einfach ziemlich schnell auf.«

Miss Berger hatte Dienst, und als sie an der Tür des Schwesternzimmers hielten, legte sie gerade die Medikamente für den Abend zurecht. Verärgert blickte sie auf. »Was wollen Sie, Jones?«

»Wollte Ihnen bloß sagen, dass es Bob Blaine nicht so gut geht, Miss Berger. Ich dachte, vielleicht sollten Sie ihn sich mal ansehen.«

»Wen?«

»Blaine. Die Nerven gehen mal wieder mit ihm durch. Sie wissen schon.«

Sie saß kopfschüttelnd vor dem Medikamententablett und schnalzte mit der Zunge. »Also wirklich, dieser Blaine. Die *Nerven*, Herrgott noch mal. Nichts als ein großes Baby.«

»Ich dachte nur, ich sag's Ihnen.«

»Schon in Ordnung«, sagte sie, ohne aufzublicken. »Ich kann jetzt nicht. Er muss noch ein bisschen warten.«

Jones und O'Grady zuckten gleichzeitig mit den Schultern, und O'Grady brachte den Rollstuhl wieder in Stellung.

»Und wohin jetzt?«

»Ach, keine Ahnung«, sagte Jones. »Eigentlich könnte ich mich auch hinlegen und mich eine Weile schonen. Um wie viel Uhr kommt der Film heute Abend?«

EIN PERSÖNLICHES BESITZSTÜCK

Eileen schiebt den Puffärmel höher, doch er rutscht an ihrem spindeldürren Arm wieder fast bis zum Ellbogen runter; das Gummiband ist zu schwach. Tante Billie kauft alle Kleider zu groß, damit Eileen sie länger tragen kann. Wenn sie beide Ärmel hochstreift, bis sich der Stoff anständig bauscht, kann sie sie dort fixieren, indem sie die Arme an den Körper presst. Doch sobald sie die Muskeln entspannt, gleiten die Ärmel wieder herab und hängen schlaff fast bis zu den Ellbogen runter. Und der Rock ist natürlich zu lang.

»Auf Wiedersehen, Schwester« ... »Auf Wiedersehen, Schwester.«

Die Mädchen verlassen nacheinander das Klassenzimmer, und Eileen ist fast am Ende der Reihe. Die Nonne, blass und unheimlich in ihrer schwarzen Tracht, steht an der Tür, und eine ihrer weißen Hände hält die andere locker vor der Taille umfasst. Eileen zählt leise vor sich hin: noch vier, noch drei, noch zwei.

»Auf Wiedersehen, Schwester.«

»Auf Wiedersehen, Frances.«

Jetzt ist sie an der Reihe. »Auf Wiedersehen, Schwester.«

»Auf Wiedersehen, Eileen.«

Sie eilt in den kühlen Flur, wo es nach Bleistiften riecht, und schlängelt sich zwischen den Gruppen kleiner Mädchen hindurch. Sie ist größer als die anderen aus dem vierten Schuljahr und hat keine Freundinnen. Manche Mädchen haben Angst vor ihr, und das erfüllt sie mit Stolz, obwohl es ihr lieber wäre, gemocht zu werden. Doch jetzt denkt sie bloß daran, nach draußen zu kommen und ihren Bruder zu treffen. Auf dem betonierten Schulhof blendet die Sonne, Eileen kneift die Augen zusammen und beschirmt sie mit beiden Händen. Die Jungen, bei denen Roger immer steht, drängen sich an der Ecke des Gebäudes, und sie hat ihn bereits entdeckt. Er lacht, doch als er sie sieht, wirkt er verlegen. Sie geht langsam zur Straße, damit er sie einholen kann. Trotz des Geschnatters und Geschreis hört sie ihn »Bis dann« sagen, und dann hört sie, wie er hinter ihr her schlurft.

»Leen, mach mal langsam. Warum hast du's bloß immer so eilig?«

»Wir verpassen die Straßenbahn.«

»Ach, die Straßenbahn. Is doch nicht die einzige.«

»Sag nicht ›is‹.«

»Warum?«

»Weil du's besser weißt, darum.«

»Ah, halt die Klappe.«

Sie greift in die Tasche ihres Kleids, spürt das warme, harte Fünfzig-Cent-Stück, das sie am Morgen auf dem Schulhof gefunden hat. »Roger?«

»Was?«

»Guck mal, was ich in der Pause gefunden hab.«

»Hey! Wo haste das denn her?«

Sie bemerkt den plötzlichen Neid in seiner Stimme und beschließt, das auszunutzen. »Das wüsstest du wohl gern, was?«

»Komm schon. Wo haste das her?«

Doch sie runzelt nur herablassend die Stirn und lächelt in sich hinein. Wenig später warten sie an der Straßenbahnhaltestelle, und Roger verfällt in Missmut. Nach einer Weile fragt er: »Weißte, was Whitey und Clark und alle gesagt haben?«

Ihr schnürt sich die Brust zu. Es muss etwas über sie sein.

»Sie haben gesagt, du hast so viele Sommersprossen, dass man dazwischen die Haut kaum noch sieht, und du könntest genauso gut eine Negerin sein.«

»Meinst du, das kümmert mich?« Dann, nach einer Pause: »Ich könnte dir so einiges erzählen, das *ich* gehört hab.« Doch sie sieht, wie die kurz aufflackernde Angst in seinem Gesicht erlischt, als er zu der Überzeugung gelangt, dass sie sich bloß etwas ausgedacht hat. Und ihr fällt nichts ein, das fies genug ist, also sagt sie bloß: »Tu ich aber nicht, weil das unfreundlich wäre.«

»Du hast gar nichts gehört. Ich kenn dich doch.«

Aus der Bahn heraus beobachten sie, wie am Straßenrand gelbes Unkraut vorbeigleitet, betrachten gedankenverloren die adretten Häuser dahinter und das matte Grün der Vorstadt. Sie beschließt, ihm jetzt von dem halben Dollar zu erzählen. »Roger?«

»Ja.«

»Ich hab die Münze am Drahtzaun gefunden. Hinter den Schaukeln, weißt du?« Das aufregende Gefühl jenes Augenblicks kehrt zurück, und sie sieht, dass Roger neugierig ist, auch wenn er sagt: »Is mir doch egal.«

Als sie die Einfahrt raufgehen, wirbelt er mit den Füßen kleine Staubwölkchen auf. »Was willst'n dir damit kaufen?«

»Weiß ich noch nicht. Vielleicht kauf ich mir gar nichts, sondern heb sie auf.« Fast hätte sie vergessen, ihm das Wichtigste zu erzählen. »Roger, du darfst Tante Billie nichts davon erzählen, okay? Versprochen?«

»Warum?«

Sie ist sich nicht ganz sicher. Vor allem weil sie etwas Eigenes haben will, etwas, das Tante Billie nicht in die Finger bekommen kann. »Einfach so.«

»Okay.« Sie mustert ihn und fragt sich, ob er versteht.

Tante Billie sitzt oben in ihrem Zimmer und schreibt ihren wöchentlichen Brief an die Mutter der beiden. Sie ist eine elegante Frau mit hübschem schmalem Mund.

> Die Nonnen vollbringen wahre Wunder an deinen Sprösslingen, Monica. Den ganzen Sommer waren sie zwei wilde Indianer, weißt du, und die Schule ist eine große Erleichterung. Roger scheint glänzend zu lernen, und es tut ihm gut, mit anderen Jungen zusammen zu sein. Eileen ist natürlich immer noch ein Problem. Eine Schwester hat mir erzählt, sie vermöge bei ihr einfach keinerlei Interesse zu wecken, und weiß der Himmel, ich kann mit dem Kind nicht

umgehen. Doch sie ist viel ruhiger geworden. Wir haben seit Monaten keinen richtigen Wutanfall mehr gehabt.

Durchs Fenster sieht sie die beiden die Einfahrt raufkommen. Sie fügt hinzu: »Aber es sind wirklich tolle Kinder. Ich bin ihnen total verfallen.« Dann legt sie das blaue, mit ihrem Monogramm versehene Blatt wieder zum Briefpapier. »Roger!«, ruft sie durchs Fenster. »Du ruinierst deine neuen Schuhe.« Sie steht auf und geht nach unten, um die Kinder hereinzulassen. »Beeilt euch, zieht euch um, wenn ihr wollt, und wascht euch sorgfältig. Das Essen steht auf dem Tisch.«

Als Eileen ihre Khakishorts und einen Pullover angezogen hat, fühlt sie sich wohler. Die alten Sachen duften nach Sand und Meer. Sie holt den halben Dollar aus dem Kleid und steckt ihn in die Hosentasche.

»Eileen!«

»Ich komme.«

Auf dem emaillierten Küchentisch stehen zwei große Gläser Milch und ein Teller Sandwiches mit Frischkäse und Marmelade. Roger hat schon angefangen. Er redet mit vollem Mund und hat einen Milchbart. Tante Billie lehnt sich mit verschränkten Armen an den makellosen weißen Kühlschrank und raucht eine Zigarette. »Wir werden sehen«, sagt sie zu Roger.

Er hat wieder wegen der Schildkröten gefragt. In ihrer Straße gibt es einen Laden, in dem man lebende Schildkröten kaufen kann, auf deren Panzer der eigene Name steht. Die darf man nicht in die Schule mitbringen, deshalb sind sie in Rogers Klasse der letzte Schrei. Es geht darum zu sehen, ob man den ganzen Tag eine dabeihaben kann, ohne erwischt zu werden.

Eileen beißt in ein Sandwich und greift nach ihrer Milch. Sie kommt zu dem Schluss, dass sie auch gern eine Schildkröte hätte, aber nicht bloß wegen der Schule. Sie könnte stundenlang mit dem Tier spielen und sich darum kümmern, könnte es über ihren Arm kriechen lassen. Und auf seinem Rücken würde in eleganter Schrift »Eileen« stehen, vielleicht zusammen mit einer Rose oder einer Kokospalme. Die Schildkröte würde lebendig sein und ihr gehören. Sie kosten sechzig Cent. Wenn Eileen Lust hätte, könnte sie sich morgen eine kaufen, und Tante Billie könnte nichts dagegen tun. Aber vielleicht wäre es besser, das Geld für etwas anderes aufzuheben. Oder einfach so, als Geheimnis.

»Du sollst gerade sitzen, Eileen.«

»Roger sitzt auch nicht gerade.«

»Für den gilt das auch. Aber für dich ist es noch wichtiger, all das zu lernen, Liebes. In ein paar Jahren wirst du mir dankbar sein, wenn du den Rücken durchstrecken kannst. Eine gute Körperhaltung gehört zum Wertvollsten, was ein hübsches junges Mädchen besitzen kann.«

Das ist eine alte Leier von Tante Billie. Eileen findet, es widerspricht anderen Äußerungen, die sie von Tante Billie gehört oder vielmehr heimlich mitangehört hat. (»Natürlich wird Eileen nie richtig hübsch sein.«)

Nein, beschließt Eileen, sie wird die fünfzig Cent einfach behalten. Sie kaut sorgfältig auf dem Sandwich, ohne es herunterzuschlucken, und starrt den Kühlschrank an. So viele, dass man keine Haut dazwischen sieht. Dass sie genauso gut eine Negerin sein könnte. Sie fragt sich, ob die Jungen das wirklich gesagt haben. Roger hat's jedenfalls getan.

Roger will unbedingt weiter über die Schildkröten sprechen. »Die kosten nur sechzig Cent, Tante Billie. Und leben eine halbe Ewigkeit.«

»Ich hab gesagt, wir werden sehen, Roger, aber jetzt reden wir nicht mehr darüber. Eileen würde bestimmt auch eine haben wollen, und zwei Mal sechzig Cent sind schon ein Dollar zwanzig.«

Eileen befürchtet, Roger könnte den halben Dollar erwähnen; sein Gesicht zeigt, dass er sich eine neue Strategie ausgedacht hat.

»Ja, Tante Billie, aber Leen hat doch schon ...«

Mit einem stechenden Blick, der sagt: »Du hast es versprochen!«, versucht sie ihm das Wort abzuschneiden.

»... fünfzig Cent«, beendet er kraftlos den Satz, dann errötet er und wendet den Blick ab. Eileen spürt, wie sie vor Wut die Lippen zusammenpresst, während sie ihn betrachtet.

»Gut«, sagt Tante Billie, die kaum zugehört hat, doch plötzlich entsteht eine lange Stille, und als Eileen Tante Billie ansieht, erschreckt sie der besorgte – nein, neugierige – Blick, der in ihre Augen getreten ist.

»Eileen, Liebes. Was ist denn los? Roger, was hast du gesagt, das sie so getroffen hat? Irgendwas über fünfzig Cent?« Freundlich, aber hinterlistig.

»Nichts«, murmelt Roger, doch das macht alles bloß noch schlimmer.

Tante Billies Blick wandert wieder zu Eileen. »Liebes, was hat es mit diesen fünfzig Cent auf sich? Hast du etwa fünfzig Cent?« Penetrant jetzt, da sie etwas Unerfreuliches wittert.

Die Lüge kommt ganz spontan. »Nein.« Doch sie ist offensichtlich.

»Eileen, Liebes. Es ist mir egal, ob du fünfzig Cent hast oder nicht. Mir ist nur wichtig, dass du die Wahrheit sagst.« Und jetzt klingt ihre Stimme selbstsicher und gebieterisch.

»Das ist die Wahrheit, Tante Billie. Ich hab keine fünfzig Cent. Roger hat das bloß so gesagt.« Roger sieht bestürzt aus. Ach, er würde es verstehen, wenn er diese Kleider tragen müsste, wenn er ...

»Eileen!«

Ihr wird plötzlich angst und bange. Sie fragt sich, ob sie die fünfzig Cent nicht doch vorzeigen sollte.

»Komm mal her.«

Langsam legt sie das Sandwich hin und steht vom Tisch auf.

»Entweder du zeigst mir die fünfzig Cent, oder du sagst, wo sie sind. Ich hab jetzt genug Märchen gehört.«

Stumm holt sie die warme Münze hervor. Tante Billie betrachtet das Geldstück mit großen, besorgten Augen. »Aber warum warst du so ...« Eileen sieht, wie die Anschuldigung in Tante Billie Gestalt annimmt. »Wo hast du dieses Geld her, Eileen?«

Und in ihrem Schrecken begreift sie allmählich, dass die Antwort »Ich hab's gefunden« wie eine weitere Lüge klingen wird.

»Ich ... ich hab's gefunden.«

»Sag mir die Wahrheit.«

»Das ist doch die Wahrheit. Ich hab's gefunden.«

Roger sitzt mit kreidebleichem Gesicht auf der anderen Seite des Tisches. Er fingert nervös an einem Sandwich herum und beobachtet alles. »Das stimmt, Tante Billie, sie hat's gefunden«, sagt er.

»Warst du dabei, als sie es gefunden hat?«

Und dann kommt es zum Schlimmsten. Roger sagt: »Nein, aber ...«, und im selben Augenblick sagt Eileen: »Ja.« Dann sehen sich beide kurz an und schütteln den Kopf.

Tante Billie sieht Eileen mit festem Blick an. »Ich hab jetzt genug gehört. Geh dich umziehen, Eileen. Wir fahren in die Schule zurück.«

Sie ist außerstande, etwas zu sagen oder sich vom Fleck zu rühren.

»Los. Geh dich umziehen. Und wisch dir die Milch aus dem Gesicht.«

Mit dem Handrücken wischt sie sich den Milchbart ab. Dann dreht sie sich um und verlässt die Küche. Sie hört Roger sagen: »Aber sie ...« Und dann Tante Billie in strengem Ton: »Schon gut, Roger. Das ist eine Sache zwischen Eileen und mir. Dich betrifft das nicht.«

Eileen zieht das schlabbrige Baumwollkleid an und tauscht die Turnschuhe gegen Straßenschuhe aus. Sie hat ein unangenehmes Gefühl in der Brust, wie eine

Vorstufe der Übelkeit beim Autofahren. Mit dem halben Dollar in der Tasche geht sie zur Haustür. Tante Billie wartet schon; sie hat einen Hut aufgesetzt und sich das Gesicht gepudert. Schweigend gehen sie die Einfahrt hinunter, und erst als sie auf die Straßenbahn warten, bringt Eileen es fertig zu sagen: »Tante Billie, es stimmt wirklich. Ich hab die Münze gefunden. In der Pause auf dem Schulhof.«

»Liebes, wenn du sie gefunden hast, warum hattest du dann so eine Angst, es mir zu erzählen? Mach nicht alles noch schlimmer. Die eine Lüge ist schlimm genug.«

In der Straßenbahn kommt zu ihrer Übelkeit noch eine zugeschnürte Kehle hinzu. Die Milch liegt ihr schwer im Magen, und sie hat den Geschmack von Frischkäse und Marmelade im Mund. Alles, was passiert, kommt ihr unwirklich vor. Neben ihr erhebt sich unnachgiebig Tante Billies Profil. Der Schulhof liegt im Nachmittagslicht sauber und verlassen da. Die Nonne, die sie ins Gebäude lässt, führt sie langsam den langen, nach Bleistiften riechenden Flur entlang zu Schwester Katherines Büro, und dann treten sie ein, und es ist zu spät, und sie kann nichts anderes tun als dazustehen.

Zunächst liegt ein warmherziges Lächeln in Schwester Katherines Gesicht. »Guten Tag, Mrs Taylor.« Doch als sie genauer hinschaut, beginnt ihr Gesicht dem von Tante Billie zu gleichen.

»Ich glaube, meine Nichte hat Ihnen etwas zu sagen, Schwester. Na los, Eileen.«

Doch wenn sie zu sprechen versuchte, würde sie in Tränen ausbrechen, und es gibt ja auch gar nichts zu sagen. In dem Zimmer ist alles lila, braun oder schwarz. Der Boden besteht aus breiten, geputzten Dielen, und unterm Saum von Schwester Katherines Tracht schaut ein zerknautschter schwarzer Schuh hervor.

»Was ist denn los, mein Kind?«

Schwester Katherines Gesicht hat die Farbe eines toten Schweins, das Eileen mal auf einer Farm gesehen hat.

»Vielleicht erklären Sie es lieber, Mrs Taylor.«

»Ich denke, Eileen ist durchaus imstande, es Ihnen selbst zu erzählen. Los, Liebes.«

»Ich ...« Die Dielenbretter verschwimmen und verrutschen vor ihren Augen.

Tante Billie seufzt müde. »Also, Schwester, es geht um Folgendes. Eileen hat anscheinend fünfzig Cent gestohlen; vermutlich gehört die Münze einem der anderen Kinder, und ich bin mit Eileen hergekommen, damit sie sie Ihnen gibt.«

»Und, mein Kind?«

Ihr bleibt nichts anderes übrig, als ihr den halben Dollar zu geben. Ihre Kehle brennt, und sie denkt: Das ist nur ein Traum und ich wache gleich auf.

Jetzt öffnet und schließt sich Schwester Katherines Mund, und eine ruhige Stimme ertönt. »Du weißt, dass du etwas sehr Unrechtes getan hast, Eileen. Ich glaube, ich muss dir nicht sagen, dass wir, wenn wir etwas sehr Unrechtes tun, damit rechnen müssen, dafür zu büßen ...«

Das Schwein hatte drei Tage lang tot im Regen gelegen. In ihrer panischen Angst würde Eileen am liebsten schreien: »Ich hab das Geld nicht gestohlen! Ich hab's gefunden! Ich hab's gefunden!« Doch sie steht bloß da und wartet, bis alles vorbei ist.

Anschließend schütteln sich Schwester Katherine und Tante Billie die Hand. »Ich kann Ihnen gar nicht sagen, wie leid mir das Ganze tut, Schwester.«

Und schon bald sind sie wieder auf dem grauen Schulhof und dann an der Straßenbahnhaltestelle. Von der Straßenbahn aus betrachtet sie schweigend die lavendelfarbenen Schemen des vorbeigleitenden Unkrauts. (Ich hasse sie, ich hasse sie, ich hasse sie, ich hasse sie.)

Als sie die Einfahrt raufkommen, steht Roger, die Hände in den Hosentaschen, neben dem Haus. Seine Augen sind rund, und seine Lippen sehen schmal und blass aus. Tante Billie geht ins Haus, und Eileen steht einen Augenblick zusammen mit Roger da. Doch es gibt nichts zu sagen. Man kann sich einem Jungen nicht in die Arme werfen und weinen, und sie will das auch gar nicht. Sie will niemandem in den Armen liegen. Sie will nicht ... Alles, was sie will, ist ...

Sie geht aufrecht ums Haus herum. Hinten gibt es einen Ort, so was wie einen Geräteschuppen, wo sie allein sein kann.

Oben hat Tante Billie wieder das Briefpapier geholt und einen neuen Absatz begonnen.

> Gerade ist etwas sehr Besorgniserregendes passiert, Monica ...

Eileen ist im Schuppen und starrt ein Bretterregal an, auf dem zwei große Dosen Farbe stehen.

Sherwin-Williams: Bleiweiß.
Sherwin-Williams: Waldgrün.

Und als das Schluchzen endlich beginnt, ist es lang und heftig und geht immer wieder von Neuem los.

DER RECHNUNGSPRÜFER UND DER WILDE WIND

An dem Tag, nachdem ihn seine Frau verlassen hatte, ging George Pollock, Rechnungsprüfer der American Bearing Company, zum ersten Mal seit zwanzig Jahren im Restaurant frühstücken. Bei dem Versuch, eine Papierserviette unversehrt aus dem festen Griff des Spenders zu ziehen, zerfetzte er die ersten drei, und als er verhindern wollte, dass ihm die Aktentasche vom Schoß rutschte, hätte er fast ein Glas Wasser umgestoßen. Und beim Frühstück selbst stimmte rein gar nichts: Die dicke Kellnerin hatte Milch in seinen Kaffee gegossen, bevor er sie davon abhalten konnte, und das Ei, bei dem er ausdrücklich gesagt hatte, es solle zweieinhalb Minuten gekocht werden, war noch völlig flüssig.

»Miss«, sagte Pollock, doch sie huschte vorbei, rief »Zwei Mal Rührei mit French« und schenkte ihm keine Beachtung. »Miss«, sagte er noch mal in schärferem Ton, und sie drehte sich um und hob in stummem »Ja?« die Brauen.

»Sehen Sie sich mal das Ei an.« Er ließ es vom Löffel rinnen. »Sieht das etwa nach zweieinhalb Minuten aus?«

»Was ist denn, irgendwas nicht in Ordnung?« Ihr standen Schweißtropfen auf der Oberlippe, und an der Wange klebten ein paar Haarsträhnen.

»Es ist noch roh«, sagte Pollock. »Das kann ich nicht essen.«

Sie zuckte mürrisch mit den Schultern. »Tut mir leid, Mister, ich hab die Bestellung so aufgegeben, wie Sie's gesagt haben.« Sie begann in der Wanne unterm Tresen Gläser zu spülen und sah ihn nicht an. Am liebsten hätte er sie angebrüllt, doch er beherrschte sich, denn die anderen Gäste schauten schon zu ihnen herüber. Es hatte keinen Sinn, vor den blassen Büroboten zu seiner Linken oder dem grobgesichtigen Mann rechts von ihm, der ihn mit verhaltenem Lächeln, die Lippen von einem Marmeladendonut weiß gepudert, anstarrte, eine Szene zu machen. Stattdessen schob er den Eierbecher weg und nippte an seinem milchigen, unbefriedigenden Kaffee. Es würde gut sein, ins Büro zu kommen, wo alles normal war.

Sobald er draußen vor der beschlagenen Restauranttür stand, rückte er seinen Hut zurecht, brachte die Schultern seines Mantels in Ordnung und ging zügig los, wobei er das Klacken seiner Absätze auf dem Gehsteig genoss.

Vor langer Zeit hatte er ein Mädchen mit herrlichen langen Beinen und einem Gesicht, das als kess bezeichnet wurde, geheiratet (im blauen Halbdunkel der Morgendämmerung hatte sie »Liebling, Liebling, Liebling« geflüstert, und die Beine waren kräftig, das Gesicht leidenschaftlich und hübsch gewesen). Das Mädchen hatte sein Kind zur Welt gebracht (»Ach, George, schau nicht her, ich bin so unansehnlich«, hatte sie gesagt und »George, ich werde das Baby hassen, wenn es nicht wie du aussieht oder ein Mädchen wird«), doch das Kind war gestorben. Alle waren sich einig gewesen, dass sie sehr gut damit klarkomme, und nichts hatte sich zwischen ihnen geändert. Das Mädchen hatte sich weiter um ihn gesorgt, seinen Plänen gelauscht und für ihn den Haushalt geführt, erst in der West Tenth Street, wo sie eine Katze, und dann in Englewood, wo sie einen Wagen und eine Garage hatten. (Irgendwann während ihrer Zeit in Englewood hatte J.C. Farling, der Hauptgeschäftsführer von American Bearing, gesagt: »Ich muss schon sagen, George, Sie haben ein richtiges Prachtweib zur Frau.« Und als er ihr das erzählte, hatte sie gelacht. »Ach, sind die nicht komisch, diese dicken, kahlköpfigen, nicht besonders redegewandten Männer mit ihren schrecklichen Krawatten? Ein richtiges Prachtweib. Da mag man sich kaum vorstellen, wie *seine* Frau wohl so ist. Und dass er dein Chef ist.« Und er hatte gesagt: »Also, ich halte John Farling durchaus für redegewandt, Alice, ganz egal, ob dir seine Krawatten gefallen oder nicht. Du musst lernen, die Leute danach zu beurteilen, was sie können, und Farling ist ein erstklassiger Geschäftsmann.« Darauf sie: »So hab ich das nicht gemeint, Liebling; ich urteile über niemanden.«)

Etwas später hatte das Mädchen oder vielmehr die Frau, die Ehefrau, die immer wuchtiger und nervöser wurde, in Bronxville für ihn den Haushalt geführt, und ihr Leben war in geordneteren Bahnen verlaufen.

(»Aber es besteht doch gar kein Grund, warum du einen Job annehmen solltest, Alice«, hatte er einmal gesagt, »und du wolltest doch im Haus so viel ändern. In Englewood konntest du's ja kaum abwarten.« Und sie hatte gesagt: »Oh, George, das Haus ist wunderbar, und ich bin hier auch glücklich, aber guck mich doch mal an – ich werde immer dicker und sitze den ganzen Tag rum, und ich will auf keinen Fall so werden wie Mrs Whiting und Mrs Clark mit ihrem Mittagssalon.«)

Im zweiten Jahr in Bronxville hatte sie begonnen, ständig Gedichtbände zu kaufen und Kleidung zu tragen, die für Westchester ein bisschen seltsam war, und im dritten Jahr hatten sie eine Zeit durchgemacht, die er später als ihre Streitphase betrachtete – eine Reihe von Auseinandersetzungen, die so häufig und erbittert waren, dass sie, als die Phase zu Ende ging, in ihrer zwangsläufigen Erschöpfung zu dem Schluss gekommen waren, dass sie eine neue Reife erlangt und endlich gelernt hatten, als Erwachsene zusammenzuleben. Und in den zehn Jahren, die zwischen Ende dreißig und Ende vierzig lagen, hatten sie sich kaum noch gestritten. Vielleicht verbrachten sie nicht mehr so viel Zeit miteinander, vielleicht hatten sie weniger gemeinsame Interessen, doch zumindest stritten sie sich nicht. Und zumindest bemühte er sich; er war immer freundlich zu ihr und versuchte sie zu verstehen. Ein Mal kaufte und las er sogar insgeheim eins dieser vernünftigen Bücher über die Menopause und fühlte sich danach ziemlich töricht, aber erleichtert, denn die geschilderten Fälle hatten etwas ziemlich Neurotisches, und nichts von ihrem klinischen Dogma traf auf Alice zu. Und bis zum vorigen Abend hätte er stets gesagt, dass sie eine stabile, ausgeglichene Ehe führten, unvollkommen wie alle Ehen, doch im Grunde genommen solide. Aber dann war auf einmal alles in die Brüche gegangen. Als er ins Haus kam, hatte sie mit kreideweißem Gesicht mitten im Wohnzimmer gestanden, neben sich ihre Koffer. »George, ich hab meine Sachen gepackt. Ich wollte schon weg sein, wenn du nach Hause kommst, um eine Szene zu vermeiden. Ich wollte dir eine Nachricht hinterlassen.« Er hatte sich, den Hut noch auf dem Kopf und die Aktentasche in der Hand, aufs Sofa gesetzt und sie angeschaut. »Ach, George, du wirst doch jetzt wohl nicht schockiert sein. Tu bitte nicht so, als wärst du schockiert. Du weißt ganz genau, was für eine Ehe wir in den letzten fünf ... mein Gott, in den letzten *zehn* Jahren geführt haben.«

»Aber wo willst du denn hin? Alice, ich versteh's einfach nicht.«

»Okay, dann mach ich's ganz einfach, damit du's begreifst. Erst fahre ich in die Stadt, um mich mit Max zu treffen, und dann gehen wir in den Westen.«

»Max? Wer ist Max? Du meinst Max *Werner*? Du meinst, ihr beide habt ...«

Sie hatte sich auf einen Koffer gesetzt und die Hände zusammengepresst, hatte ihn angesehen und war dann kurz in schrilles Gelächter ausgebrochen. »Ach, George, du willst doch nicht behaupten, du hast nichts davon gewusst!« Es war schwer zu sagen, ob sie grausam oder bloß verlegen war. Max Werner war ein ungepflegter, temperamentvoller Mann, der an einer Highschool Geschichte oder irgendwas unterrichtete und Alice immer zu den Vorträgen eines örtlichen Lyrikzirkels fuhr. Vor ungefähr einem Jahr war er ein, zwei Mal zum Abendessen gekommen. Hatte es damals angefangen? Pollock saß bloß fassungslos da und sagte schließlich: »Tja, da kann ich wohl nicht viel sagen.« Danach hatten sie lange die gesetzlichen Bestimmungen erörtert: die Vorbereitungen für eine Scheidung und den Verkauf des Hauses, das auf ihren Namen eingetragen war. Sie hatten sich mehrfach vage versichert, dass noch genug Zeit wäre, sich später darum zu kümmern, und das Ganze ging seltsam emotionslos über die Bühne, auch als sie sich entschuldigte und in die Diele ging, um Werner in einem New Yorker Hotel anzurufen und ihm zu sagen, dass sie sich verspäten werde. Und gegen sieben hatte sie gesagt: »Du hast bestimmt Hunger, George«, und sie hatten sich in die Küche begeben, wo sie ihm Kaffee und ein Sandwich machte. Und während er dort steif an dem emaillierten Tisch saß und ihr dabei zusah, wie sie mit vertrauten Handgriffen den Silex bediente, wie sorgfältig sie teelöffelweise Kaffee in die Maschine füllte, stieg ihm vor lauter Eifersucht und Kummer das Blut ins Gesicht, und er rief: »Aber ich liebe dich doch! Du weißt, ich hab dich immer geliebt!« Das setzte alles in Gang; eine Stunde lang schrien sie sich gegenseitig an, schwindlig vom Hervorbrüllen und der Wucht ihrer schrecklichen Worte, umkreisten sich in der Küche wie zwei Tiger im Käfig, und hinterher konnte er sich nur noch an Bruchstücke des Gesagten erinnern.

Einmal, mit dem Rücken an den Kühlschrank gedrückt, während ihr funkelnder Blick an ihm auf und ab glitt und ihre Lippen sich verächtlich kräuselten, sagte sie: »Ach, wie soll man dich bloß hassen; du bist nicht hassenswert, sondern bloß ein aufgeblasener, mäkeliger kleiner Schaumschläger!« Und als er sich von ihr abwandte, nachdem er eine lange, hämische Tirade über Max Werner losgelassen hatte und theatralisch über die Lehne eines Stuhls gebeugt dastand, trat sie hinter ihn und sagte ganz leise: »Ich hatte nie das Gefühl, dir untreu zu sein, George, verstehst du nicht? Was gab's denn da untreu zu sein?«

Das traf ihn unvorbereitet, und für einen Augenblick schien sein Verstand so klar, so unerbittlich logisch zu sein wie ihre Worte. Glaubte sie das wirklich? War es wirklich so einfach? Er dachte daran, wie er abends im Club Karten gespielt hatte. Und er dachte flüchtig an eine hübsche irische Kellnerin in dem Restaurant, in dem er täglich zu Mittag aß, diejenige, die ihn »Mr Pollock« nannte und die er erst vorige Woche mit törichter Wehmut beobachtet hatte. Doch dieser Augenblick war nur kurz; vermutlich so bedeutungslos wie alles, was sie einander sagten, und er ging wieder auf Alice los. »Das ist der Dank«, brüllte er, »nach allem, was ich ...«

»O ja, sag's mir bitte! Sag mir genau, wie viel du mir gegeben hast. Gib mir eine detaillierte Aufstellung!« Und das geistlose Ritual des Streits begann aufs Neue.

Schließlich brach sie in Tränen aus, was eine ungeheure Erleichterung war, und dann waren beide erschöpft. Sie tranken Kaffee, ohne viel zu reden, und anschließend ging sie nach oben, um sich neu zu schminken. Als sie nach unten kam, bestellte sie ein Taxi, danach standen sie mit seltsamem Gesichtsausdruck in der Tür, murmelten, dass es ihnen leidtue, und dann war sie verschwunden. Ihm blieb nichts anderes übrig, als durchs Wohnzimmer zu gehen, sich zu fragen, ob die Nachbarn sie gehört und das Taxi gesehen hatten, und zu überlegen, wie er die Sache mit dem Packen, der Lagerungsfirma und dem Hotel angehen sollte.

Als Pollock jetzt die Forty-second Street überquerte, versuchte er seine Gefühle zu ordnen. Der quälende Gedanke an Max Werner, die Frage, ob sie je zurückkommen würde und ob er sie überhaupt zurückhaben wollte – diese Probleme, die ihm die ganze Nacht keine Ruhe gelassen hatten, waren jetzt, auch wenn sie nicht auf Eis lagen, glücklicherweise in sein Denken einverleibt; der Schock war überstanden; er konnte sich später damit befassen. Er drängte sich durch die Drehtür in die Eingangshalle, wo der übermütige junge Aufzugführer dem Gerät in seiner Hand ein raues, unangenehmes Knistern entlockte. Pollock war jetzt ganz von dem Gefühl beherrscht, erschreckend allein zu sein, aller Sicherheit beraubt; ihn überkam die Angst, die ein Kind ergreift, das in einer Menschenmenge verloren geht. Das ist lächerlich, sagte er sich, und als wollte er es beweisen, zog er auf dem Weg zum Aufzug kurzerhand seinen Homburg tiefer in die Stirn. (»Mit einem Homburg siehst du richtig schick aus«, hatte sie einmal vor Jahren gesagt, als er zum ersten Mal einen trug und sich damit unsicher fühlte. »Der passt genau zu deinem Gesicht – sieht irgendwie adrett und kultiviert aus.«)

»Morgen, Mr Pollock ... Hey, das *Journal* war mal wieder echt gründlich, was?« Das war der junge Merton, der im Aufzug neben ihm stand.

»Was? Oh, guten Morgen, Stan. Was haben Sie gesagt?«

»Das *Accountants' Journal*. Haben Sie Ihres noch nicht erhalten?«

»Oh, dann ist es schon draußen, was? Nein, ich hatte heute früh noch keine Gelegenheit, die Post durchzusehen.«

»Gucken Sie mal. Sie stehen sogar auf der Titelseite.« Als sie den Aufzug verließen, reichte er Pollock die Zeitschrift, und auf dem Weg zur Herrengarderobe blieben sie stehen, wobei Pollock die Titelseite betrachtete und Merton ihn anstrahlte. Da stand es, mitten im Verzeichnis der Sonderbeiträge, in der winzigen schwarzen Schrift des konservativ gestalteten *Journal:* »Ein paar Hinweise zum Jahresbericht«, von G.J. Pollock, Seite 19.

»Was sagen Sie *dazu*?«, fragte Merton. Er war der jüngere von Pollocks beiden Mitarbeitern, noch unter dreißig, angespannt in seinem Bestreben, einen guten Eindruck zu machen.

»Also«, sagte Pollock, »mit einem Platz auf der Titelseite habe ich nicht gerechnet«, obwohl das natürlich nicht stimmte. Den Artikel zu schreiben hatte ihm vor mehreren Monaten große Freude gemacht. Es war der Wunsch der Werbeabteilung gewesen; einer der Werbefritzen hatte ihn für ihn schreiben sollen, doch Pollock hatte darauf beharrt, ihn selbst zu verfassen, und hatte eine Woche lang jeden Abend am Manuskript gesessen. Alice hatte ihm an dem Tag, an dem er wegen einer Erkältung zu Hause blieb, bei der Endfassung geholfen, hatte gesagt, das Ganze sei sehr gut geschrieben, und bestimmte Sätze laut vorgelesen, um zu zeigen, wie gut sie formuliert waren. Das Einzige, was sie geändert hatte, war der Titel; er hatte den Artikel »Optimierung des Jahresberichts« genannt, und sie hatte gesagt, das klinge aufdringlich, und »Optimierung« sei ein wirtschaftliches Klischee. Sie hatte gesagt, ihr gefalle es besser, wenn der Titel eines Aufsatzes würdevoll und zurückhaltend sei, wie bei »Aspekte des Romans« oder »Anmerkungen zur Definition von Kultur«.

»Warten Sie mal, bis Sie den Artikel selbst sehen«, sagte Merton, während sie ihre Mäntel und Hüte ablegten. »Sie haben Ihnen eine ganze Doppelseite gegeben und beide Schaubilder verwendet.«

»Gut«, sagte Pollock, »gut«, und sie durchquerten das hektische Geschnatter der Buchhaltung mit dem alltäglichen Schwall von »Guten Morgen«-Wünschen, zu den auf der Rückseite gelegenen Büros der Geschäftsführung. Der alte Snyder, sein zweiter Mitarbeiter, saß im Vorzimmer schon an seinem Schreibtisch, grauhaarig und hager, in Hemdsärmeln und mit grünem Augenschirm. Er kam schon, solange man denken konnte, jeden Tag fünfzehn Minuten zu früh zur Arbeit. Snyder hatte das *Journal* nicht abonniert und stand gespannt auf, als er es sah. »Ist es schon draußen? Zeigen Sie mal.«

»Moment«, sagte Pollock und hielt es noch zurück. »Ich hab's selbst noch nicht gesehen. Kommen Sie mit rein, dann schauen wir's uns gemeinsam an.« Sie gingen in Pollocks Büro, wo er sich an den Schreibtisch setzte, während ihm Snyder und Merton in einer unbewussten Parodie der Unterwürfigkeit über die Schultern blickten. »Das ist sehr schön gestaltet«, sagte Pollock. Alle lasen den Abschnitt »Über den Autor«, der in einem hübschen kleinen Kasten auf der Titelseite hervorgehoben war:

> George J. Pollock arbeitet seit 15 Jahren als Rechnungsprüfer bei der American Bearing Company. Bevor er 1935 ins Unternehmen eintrat, war er in Providence, R.I., und New York in der öffentlichen und privaten Buchhaltung tätig.
> Mr Pollock dankt seinen Mitarbeitern Albert T. Snyder und Stanley J. Merton aus der Buchhaltung von American Bearing für die Mithilfe bei der Ausarbeitung der meisten in diesem Artikel dargelegten Informationen.

»Also«, sagte Snyder mit nervösem Lachen. »Vielen Dank für die nette kurze Erwähnung, das ist schön.«

»Was? O ja, Snyder. Ich dachte, Sie und Stan hätten in dieser Sache eine Anerkennung verdient.« Pollocks Gewohnheit, Merton mit dem Vornamen und Snyder mit dem Nachnamen anzureden, war anfangs, als Merton zu ihnen kam, unbewusst abgelaufen, hatte sich aber als gute Diplomatie erwiesen. Merton, ermutigt durch diese Andeutung verschwörerischer Anerkennung zwischen ihm und dem Chef, konnte es sich leisten, gegenüber dem farblosen alten Snyder, wenn auch auf herablassende Art, freundlich zu sein. Und Snyder hatte das Gefühl, dass Pollocks Verwendung seines Nachnamens auf eine traditionelle Berufsethik schließen ließ; immerhin wurden Büroboten »Stan« genannt. So blieb ihre Rivalität bestehen, aber gedämpft, und alles lief bestens. Ihn redeten beide mit »Mr Pollock« an. »Stan«, sagte Pollock, »wenn ich mir Ihr Exemplar ausleihen darf, gebe ich Ihnen meins, sobald es kommt.« Er drückte einen Summer auf seinem Schreibtisch, und Mrs Halbak, eine grauhaarige, geschäftsmäßige Sekretärin, trat ein. »Als Erstes«, sagte er und holte das Schreibbrett hervor, »will ich eine Nachricht verschicken, bevor ich's vergesse.« Mrs Halbak war im Nu bereit und saß mit gezücktem Stift neben ihm. »Hauspost an Mr J.C. Farling, Hauptgeschäftsführer«, sagte er und lehnte sich auf seinem Lederstuhl zurück. Betreff: Artikel im *Accountants' Journal*, in Klammern: beigefügt. Absatz. Dachte, das würde Dich vielleicht interessieren, Punkt. Ein bisschen Publicity kann nicht schaden, Komma, und diese Zeitschrift wird von mehr als zwanzigtausend Buchhaltern gelesen, Komma, die als redseliger Menschenschlag bekannt sind. Punkt. Absatz.« Damit löste er bei Snyder und Merton, die zur Tür schlichen, ein anerkennendes Kichern aus. »Ich denke, das war's, Mrs Halbak. Unterzeichnen Sie es mit GJP und legen Sie das dazu.« Mit einem dicken blauen Buntstift machte er auf der Zeitschrift neben dem Titel seines Artikels ein Kreuzchen.

Der Rest des Morgens verlief ziemlich locker, er überprüfte mit Merton ein paar Zahlen der Probebilanz, und schon bald war Mittagspause. Er ging mit Merton essen (in letzter Zeit tat er das ziemlich oft, fast nie mit Snyder), und während sie schweigend das törichte Ritual durchexerzierten, sich an der Restauranttür gegenseitig den Vortritt zu lassen, fragte er sich, ob die kleine irische Kellnerin heute wohl da war. Als sie sich setzten, sah er kurz, wie sie ganz hinten im vollen Saal zu der Tür mit der Aufschrift »Eingang« hinausschlüpfte, und er fingerte träge an seiner Speisekarte und wartete darauf, dass sie in der Tür, auf der »Ausgang« stand, wieder auftauchte.

»Mann, bin ich froh, dass Sie das Problem entdeckt haben, bevor wir noch mal die gesamte Probebilanz durchgehen mussten«, sagte Merton über den gebeugten Rücken eines Hilfskellners hinweg, der ihren Tisch abräumte. »Sonst hätten wir den ganzen Tag vergeudet.«

Und plötzlich kam sie mit einem schweren Tablett herausgeeilt, ein Mädchen mit kupferroten Haaren, dessen Gesicht noch blutjung und ziemlich ernst aussah. Sie blieb am Nebentisch stehen, um eine plaudernde Gruppe von Frauen zu bedienen, und er beobachtete ihre präzisen, anmutigen Bewegungen, als sie einen Teller abstellte, fast tänzerisch mit zwei Schritten um den Stuhl einer Frau herumging und sich wieder vorbeugte, um einen weiteren Teller an seinen Platz zu stellen. Als ihr Tablett leer war, ließ sie es unter den Arm gleiten, zog den Notizblock aus dem Bund ihrer kleinen Schürze und kam auf sie zu. Der Ernst, in Wahrheit bloß

Müdigkeit, verschwand aus ihrem Gesicht und verwandelte sich in ein strahlendes, schlichtes Lächeln. »Wie geht's Ihnen heute, Mr Pollock? – Hallo.« Die zusätzliche Begrüßung und ein Bruchteil ihres Lächelns galten Merton, der seine Speisekarte studierte und es kaum zu bemerken schien.

»Sehr gut, danke, und Ihnen? Sie sehen sehr gut aus.«

»Ach, ich bin heute hundemüde; es ist wirklich furchtbar. Und sechs Uhr ist noch so weit weg.«

»Bei uns können Sie sich so viel Zeit lassen, wie Sie wollen«, sagte Pollock und lächelte wieder. »Ich hätte gern erst mal einen trockenen Martini – Sie auch, Stan?«

Merton blickte überrascht auf. »Ja, klar ... Aus welchem Anlass denn?«

»Ach, kommen Sie, Stan«, sagte er. »Ich bin doch noch nicht so alt, dass ich einen speziellen Anlass brauche. Und Sie ganz bestimmt nicht.« Merton lachte verlegen, das Mädchen aus Höflichkeit. »Dann nehmen wir zwei, Miss ... wie heißen Sie überhaupt?«

»Miss Hennessy, Mr Pollock. Mary Hennessy.«

»Also Miss Hennessy. Gut. Zwei staubtrockene.«

»In Ordnung, Sir, und was würden Sie gern essen? Das Lamm ist heute sehr zu empfehlen.«

Beide bestellten das Lamm, baten, dass man ihnen den Kaffee zum Essen serviere, und Miss Hennessy begab sich zum Tresen. Pollock war angespannt und beschwingt und befürchtete, ein knallrotes Gesicht zu haben. Als die Cocktails gebracht wurden, sagte er: »Also, Stan, Prost«, und beim ersten kühlen, wunderbar herben Schluck wurde er ruhiger. Schon bald war er angenehm entspannt, und als Merton über die Probebilanz sprach, der Ausdruck in seinem jungen Gesicht beflissen und respektvoll, betrachtete Pollock ihn mit einer gewissen Zuneigung. Ein guter Junge, dieser Merton, ein vielversprechender junger Buchhalter. Er hatte immer noch Ecken und Kanten, doch in den letzten beiden Jahren war er in seinem Job beachtlich gereift, nicht nur in seiner Arbeit, sondern auch in seiner *Einstellung*, was am wichtigsten war. Bei seiner Kleidung zum Beispiel; Pollock konnte sich noch an die breitschultrigen Anzüge und die grellen Krawatten erinnern, die der Junge anfangs getragen hatte, und musterte voller Zufriedenheit den neuen Merton über den Tisch hinweg: ein guter, konservativer Tweedanzug, ein Oxfordhemd und eine dezente Krawatte. Pollock hatte das Gefühl, daran nicht ganz unbeteiligt zu sein, denn auch wenn es nicht genügt hätte, den Jungen in diesen Fragen direkt zu beraten, hatte er versucht, ihm durch sein Vorbild und den einen oder anderen Hinweis etwas von seinen eigenen Überzeugungen zu vermitteln. Für Farling und seine Verkaufsleiter war es in Ordnung, sich so zu kleiden und so zu reden und handeln, wie sie es taten, denn sie lebten in einer anderen Welt, doch ein Buchhalter war, genau wie ein Anwalt, ein Fachmann, der andere Verhaltensnormen hochhalten musste. Eigenschaften, die der Tod eines Geschäftsmannes wären – Würde, Zurückhaltung, ja sogar Distanziertheit –, wurden von einem Buchhalter nicht nur erwartet, sondern waren auch wichtig für seinen Erfolg. Das würde der alte Snyder nie begreifen; doch Merton hatte es voll und ganz verstanden.

»Stan«, sagte er, als Merton ausgeredet hatte, »Sie haben für uns bei American Bearing jede Menge erstklassige Arbeit geleistet, aber das brauche ich Ihnen bestimmt nicht zu sagen.«

»Das ist sehr nett von Ihnen, Sir, ich weiß es zu schätzen ...«

Pollock hielt die Hand hoch. »Schon gut, Stan, schon gut. Wir sind jetzt nicht im Büro, und ich würde gern mit Ihnen, na ja, wie mit einem Freund sprechen, wenn ich darf.« Merton lächelte und errötete leicht. »Die Sache ist die, Stan, ich weiß sehr gut, dass Sie uns in einem Jahr oder so, vielleicht auch schon früher, wegen einer Stelle mit etwas besseren Zukunftsaussichten verlassen werden – vielleicht eine kleinere Firma in einem neuen expandierenden Bereich, und genau so sollte es sein.« Das Mädchen stellte die Teller mit dem Essen vor ihnen auf den Tisch; er hatte nicht mal bemerkt, dass sie sich genähert hatte. »Das Lamm sieht fantastisch aus, Miss Hennessy, aber könnten Sie uns noch zwei Martinis bringen? Sie trinken doch noch einen mit, Stan, oder?« Merton nickte, und das Mädchen zeigte wieder sein Lächeln.

»Stan, Sie sollen bloß wissen, dass ich mich Ihnen nicht in den Weg stellen werde, und wenn die Zeit gekommen ist, ein anderes Angebot in Betracht zu ziehen, dann zögern Sie hoffentlich nicht, mich um Rat zu fragen.«

»Das ist wirklich nett von Ihnen, Mr Pollock. Um ehrlich zu sein, zurzeit habe ich nichts anderes im

Sinn, aber falls und wenn sich eine Gelegenheit bieten sollte, ist es gut zu wissen, dass, also, dass Sie so denken und ich Sie dann um Rat fragen kann. Meine Frau dürfte sich auch freuen ...«, sagte er jungenhaft grinsend. »Andererseits, egal, von *wem* das Angebot käme, sie wäre skeptisch ... Sie hätte Angst, wissen Sie, ich könnte in eine windige Sache verwickelt werden.«

»Gut, Stan«, sagte Pollock und hob seinen frischen Cocktail. »Ich bin froh, dass wir dieses kurze Gespräch geführt haben.« Merton nickte kauend, und Pollock betrachtete ihn. Seine Frau würde skeptisch sein; wie war sie? Pollock war ihr einmal begegnet, ein kleines, nicht besonders lebhaftes Mädchen mit schmalen Lippen. Wahrscheinlich die Sorte, die man als niedlich beschrieb; in zehn Jahren würde sie plump aussehen. Während er sein Glas austrank, beobachtete er, wie Miss Hennessy den Frauen am Nebentisch ihr Dessert brachte. Die Tracht stand ihr gut; ein adrettes schwarzes Kleid mit weißem Kragen und weißen Manschetten, und die kleine Schürze – nicht mehr als ein paar Zentimeter gestärkter weißer Stoff. Sie hatte ihm das Gesicht zugekehrt, fast als wollte sie für ihn posieren, stand aufrecht da, hielt das Tablett neben der Schulter und reichte mit einer schwungvollen Bewegung des anderen Arms ein Dessert nach unten, wobei sich das Kleid straff über ihren kleinen Brüsten spannte. Dann wirbelte sie herum und ging auf die Tür zu, auf der »Eingang« stand, ein auffallend anmutiges, auffallend hübsches Mädchen.

Sein Essen wurde allmählich kalt. »Dieser kleine Artikel von mir«, sagte er und nahm seine Gabel. »In gewisser Hinsicht hatte ich das – das, worüber wir gesprochen haben – im Sinn, als ich diese kleine Würdigung für Mr Snyder und Sie angefügt habe. Natürlich nur eine Kleinigkeit, aber vielleicht kann Ihnen das mal von Nutzen sein – ein bisschen zusätzliches Prestige.«

»Oh, natürlich, Sir«, sagte Merton und grinste. »Ich hab schon geplant, es in meinem Lebenslauf zu verwenden.«

»Gut, gut«, sagte Pollock und stocherte an dem kalten Fleisch und im Kartoffelbrei herum. Am liebsten hätte er noch ein Glas getrunken, befürchtete aber, Merton könnte das seltsam finden. »Für den alten Snyder«, sagte er dann, schob den Teller beiseite und griff nach seinem Kaffee, »ist es natürlich auch nützlich, auf andere Art. Er kann die Zeitschrift nach Hause mitnehmen und seiner Frau zeigen, was für ein bedeutender Mensch er ist.«

Mertons jähes, lautes Gelächter ließ ihn hochschrecken. Er blickte auf und sah, wie sich der Junge mit funkelnden Augen vor Lachen bog, als hätte jemand einen Insiderwitz gemacht. »Mein Gott«, sagte Merton, »können Sie sich das vorstellen? Vielleicht kauft sie ihm einen neuen Augenschirm!«

Pollock lachte eher zögerlich mit und blickte dann bekümmert auf seinen Teller. Es war das erste Mal, dass er Merton so etwas anvertraut hatte, und er wusste, dass es unklug gewesen war. Er trank schweigend seinen Kaffee, und als er wieder aufblickte, kehrte das Mädchen mit der Rechnung zurück.

»Sie haben Ihr Lamm ja kaum angerührt, Mr Pollock. Irgendwas auszusetzen?«

»Nicht das Geringste«, sagte er lächelnd. »Ich war heute bloß nicht besonders hungrig.« Sie rechnete alles aus und presste beim Anblick der Zahlen die Lippen zusammen. Ihr Lippenstift hatte einen rötlichen, nahezu orangefarbenen Ton, eine perfekte Wahl für ihr glänzendes rotbraunes Haar. Sie hatte nicht so lange Beine wie Alice, doch ihre Schenkel sahen unter dem schwarzen Rock kräftig und wohlgerundet aus. Als sie ihnen lächelnd einen schönen Tag gewünscht hatte und gegangen war, damit sie den Rechnungsbetrag teilen und in ihren Taschen nach dem Geld kramen konnten, blickte Merton ihr nach und wandte ihm dann mit anzüglichem Lächeln wieder das Gesicht zu. »Nicht schlecht, was?«

Pollock stand unvermittelt auf und warf verärgert seine Münzen auf die Tischdecke, und auf dem Rückweg zum Büro sprach er kaum mit Merton und nur über Geschäftliches. Der Nachmittag zog sich unerträglich hin. Er saß an seinem Schreibtisch und starrte aus dem Fenster, froh, dass Merton und Snyder im Vorzimmer beschäftigt waren. Ab und zu hatte er wegen seiner Untätigkeit ein schlechtes Gewissen und versuchte sich auf seine Arbeit zu konzentrieren, doch in seinem Hinterkopf saß ein dumpfer Schmerz, vermutlich von den Martinis, und schon bald ertappte er sich wieder dabei, wie er aus dem Fenster starrte. Um zwanzig vor fünf klingelte das Telefon, und die Stimme von J.C. Farlings Sekretärin sagte: »Ich habe Mr Farling am Apparat,

Mr Pollock.« Dann ertönte ein Klicken, und Farling meldete sich: »George? Hör mal, das ist ja ein richtiger Prachtartikel.«

»Danke, John«, sagte er und spürte, wie sich seine Mundwinkel zu einem straffen Lächeln kräuselten.

»Mensch, du hast mir nie gesagt, dass du so gut schreiben kannst – das Zeug ergibt viel mehr Sinn als der meiste Mist, den ich von meinen Werbeexperten kaufe! Das meine ich ernst, George, du hast deine Berufung verfehlt – soll ich dich versetzen?« Er lachte so laut, dass die Telefonmembran schmerzhaft vibrierte, und Pollock schaffte es mitzulachen. »Ist natürlich nur Spaß, George. Wir wissen doch alle, wo wir heute stehen würden, wenn wir dich nicht in der Buchhaltung hätten. Nein, aber ganz ernsthaft, George, der Artikel ist wirklich spitze.«

»Freut mich sehr, dass er dir gefallen hat, John. Dann hast du also nichts dagegen, dass ich in diesem Zusammenhang im dritten oder vierten Absatz deinen Namen verwendet habe? In der Werbeabteilung haben sie das natürlich gebilligt, aber es freut mich, wenn es auch deine persönliche Zustimmung findet.«

»Also, um die Wahrheit zu sagen, George, ich hab den Artikel nur kurz überflogen; hab ihn hier auf dem Schreibtisch liegen und flüchtig durchgesehen, und weiß der Himmel, wann ich die Gelegenheit habe, mich hinzusetzen und ihn richtig zu lesen, aber alles, was du darin über mich schreiben willst, finde ich voll in Ordnung, also mach dir keine Sorgen.«

»Na ja, ich hab mir keine Sorgen gemacht, John, ich wollte bloß …«

»Okay, prima. Weißt du, George, ich hab jemanden hier im Büro und muss jetzt los. Wollte dir bloß sagen, dass das Ganze von Anfang bis Ende echt prima ist.«

»Das weiß ich wirklich zu schätzen, John.«

»Gut, gut, George; dann ist ja alles okay.«

»Ja«, sagte Pollock, »danke für deinen Anruf, John.« Und noch bevor er ausgeredet hatte, ertönte ein Klicken, und Farling war nicht mehr in der Leitung. Er legte den Hörer auf und sah, dass er schweißnass war. Während er aufstand und ans Fenster trat, trocknete er sich die Hände an seinem Taschentuch ab. Die Straßen lagen fahl in der frühen Abenddämmerung, und plötzlich war er sich völlig sicher, was er an diesem Abend tun würde. Er würde zu dem Restaurant zurückgehen und auf sie warten. Er würde sich in die Bar setzen, einen Cocktail trinken und mit ihr plaudern, während sie ihrer Arbeit nachging, und wenn sie Feierabend hatte – sie hatte gesagt, um sechs –, würde er etwas Charmantes sagen wie: »Darf ich Sie vielleicht nach Hause bringen?« Oder mit einer schwungvollen Geste mit seinem Hut und einer halb scherzhaften, galanten Verbeugung: »Hören Sie, Miss Hennessy, ich würde Ihnen gern einen Drink spendieren, und falls das gegen die Vorschriften ist, würde ich Sie gern nach Hause bringen. Das verstößt doch sicher nicht gegen die Vorschriften.«

Durch die Trennwände der Büros hörte er das Geschnatter und das Geklapper, das anzeigte, dass es fünf Uhr war. Er stand vor seinem eigenen Schreibtisch und brachte die Papiere in Ordnung, um zu warten, bis die anderen weg waren, besonders darauf bedacht, Snyder und Merton die Gelegenheit zum Aufbruch zu geben. Normalerweise ging er mit einem von ihnen oder mit beiden zur Grand Central, und es würde schwierig sein, sie an diesem Abend loszuwerden. Als sich der Lärm endlich gelegt hatte, nahm er seine Aktentasche und verließ das Büro. Snyder war schon nach Hause gegangen – der lächerliche Augenschirm war das Einzige, was noch auf seinem Schreibtisch lag –, Merton allerdings nicht. Immer noch in Hemdsärmeln, stand er im nahezu leeren Hauptbüro, mit einem der Buchhalter über irgendwelche Papiere gebeugt.

Pollock winkte zum Abschied, holte Hut und Mantel und eilte zum Aufzug. Doch auf der Fahrt ins Erdgeschoss fand er es plötzlich sinnlos, seine Aktentasche dabeizuhaben, und blieb, in der Hoffnung, dass Merton noch beschäftigt sein würde, im Aufzug, um sie wieder nach oben zu bringen. Als die Tür aufging, sah er, wie Merton in der Garderobe verschwand. Er hatte den Buchhalter weggeschickt, und in dem seltsam stillen Raum hielt sich niemand mehr auf.

Pollock eilte in sein Büro; wenn er Merton aus dem Weg gehen wollte, musste er jetzt bei geschlossener Tür dort warten, bis er ihn aufbrechen hörte. Es schien eine Ewigkeit zu dauern, und er kam sich wegen seines Versteckspiels idiotisch vor, doch schließlich hörte er Merton aus der Garderobe kommen und zu den Aufzügen gehen. Auf halbem Weg blieb er stehen, und Pollock hörte, wie er einen Telefonhörer abnahm und eine Nummer wählte.

»Hallo, Schatz«, sagte er, »hör mal, ich musste länger arbeiten und breche gerade erst auf, also schaff ich's wohl nicht mehr in den Laden, bevor er schließt.«

Verärgert lehnte sich Pollock an seinen Schreibtisch und wartete.

»Hä? – Na schön. – Klar. – Was? – Nein, mir geht's gut, aber ich hab üble Kopfschmerzen. Hab beim Mittagessen ein paar Gläschen getrunken, das bin ich wohl nicht gewohnt. – Nein, mit dem alten *Pollock*, ob du's glaubst oder nicht. Ist das zu fassen? Mein Gott, es ging richtig mit ihm durch; nach zwei Martinis war der alte Mistkerl schon angetrunken und machte einen auf Lionel Barrymore. ›Sie werden uns bald wegen etwas Besserem verlassen, mein Junge, denn die Jugend muss ihren eigenen Weg gehen, blablabla‹ – *Ja*, ungelogen; und hör zu, dann hat er gesagt: ›Sie sollen wissen, dass ich mich Ihnen nicht in den Weg stellen werde ...‹ Was zum Kuckuck denkt er bloß, dass ich ihn um *Erlaubnis* frage, bevor ich kündige oder was? – Ja, das hätte ich ihm am liebsten gesagt. Hör mal, Schatz, ich will jetzt los. Den Rest erzähl ich dir, wenn ich nach Hause komme, okay? – Na schön. Bis dann.«

Pollock wartete, bis Merton bei den Aufzügen ankam und die Tür sich öffnete und wieder schloss, ehe er sein Versteck verließ.

Das Restaurant war nahezu leer, doch die Bar war voller Leute. Pollock sah mit Erleichterung, dass niemand von American Bearing da war. Er setzte sich auf den Hocker gleich neben dem Restaurant und sah, dass sie Tee oder irgendwas zu einem nahegelegenen Tisch brachte und ihm dabei den Rücken zukehrte. Bevor sie sich umdrehte, wandte er den Blick ab, denn es war besser, wenn sie ihn zuerst so sah, dann wirkte es nicht geplant.

Den ersten Martini trank er etwas zu schnell, und als er hinüberblickte, trafen sich ihre Blicke. Sie lächelte, kräuselte überrascht die Stirn und fuhr mit ihrer Arbeit fort. Er bestellte einen zweiten Martini und widmete der Zubereitung seine volle Aufmerksamkeit; wie der Barkeeper die Zutaten mit beiläufiger Sorgfalt abmaß und in das Rührglas füllte, wie er dieses mit dem Aluminiumshaker verschloss, wie das kräftige Schüttelritual die Wangen des Barkeepers erzittern ließ und der Drink schließlich in das grazile Stielglas gegossen wurde.

»Abends waren Sie ja noch nie hier, Mr Pollock«, sagte das Mädchen. Sie stand direkt neben ihm.

»Hallo«, sagte er, »immer noch müde? Wissen Sie, Sie sehen kein bisschen müder aus als heute Mittag.«

»Hab wohl neuen Aufschwung gekriegt.« Zuerst dachte er, sie sei herübergekommen, um sich mit ihm zu unterhalten, doch dann sagte sie: »Zwei Manhattans, Harry«, und er begriff, dass sie eine Bestellung aufgab.

»Und, Sie haben bald Feierabend, oder?«

»Noch einunddreißig Minuten«, sagte sie lachend, und ihre Augen funkelten. »Ich zähle schon jede einzelne.«

Was für eine schöne Haut, dachte er, was für eine zarte jugendliche Haut. »Wohnen Sie weit von hier?«

»In Brooklyn. Ungefähr eine Stunde Fahrt.«

Während sie so dastand, hätte er am liebsten die Hand um ihre Taille gelegt. So eine schmale, gerade Taille. »Das muss ziemlich anstrengend sein, tagtäglich so weit mit der U-Bahn zu fahren.«

»Man gewöhnt sich dran«, sagte sie. »Genau wie an alles andere. Danke, Harry.« Sie nahm ihr Tablett und drehte sich um, achtsam, nichts zu verschütten, und schon war sie wieder weg.

Pollock leerte sein Glas, ließ die Olive in seinen Mund rollen und kaute sie langsam. Vor ihrem Feierabend kam das Mädchen vielleicht nicht mehr, aber das war in Ordnung. Er würde sie noch ein paarmal anlächeln, und es wäre bloß natürlich, dass sie auf dem Weg nach draußen noch einmal stehen blieb. Und dann würde es locker und beiläufig passieren. Sie würde sagen: »Ja, danke, Mr Pollock, das ist furchtbar lieb von Ihnen«, und sie würden ein Taxi nehmen, und unterwegs würde er »Hören Sie, warum rufen Sie nicht zu Hause an und kommen mit mir essen?« oder etwas Ähnliches sagen. Im Taxi mit ihr würde es ein Kinderspiel sein, im vorbeirauschenden Trubel des frühen Abends und ihr Körper nur wenige Zentimeter entfernt.

»Noch einen, Sir?«

»Ja bitte.« Er rutschte ein Stück zur Seite, um im Thekenspiegel ein Fleckchen zu finden, das nicht von aufgereihten Flaschen verdeckt war, doch als er das Spiegelbild seines vorgereckten, ernsten Gesichts und seiner an der Krawatte fummelnden Finger sah, kam er sich lächerlich vor: ein gehörnter Ehemann mittleren Alters, der sich für eine geplante Verführung schniegelte.

Bedrückt rutschte er wieder auf dem Hocker zurück und trank einen Schluck von dem neuen Cocktail. Alice und Max Werner unterwegs in den Westen – waren sie schon losgefahren? Lachte sie aufgeregt? Das Blut schoss ihm in den Hals. Er musste das Ganze aus seinen Gedanken verscheuchen.

Der kleine Merton, heuchlerisch und boshaft, ein unwürdiger, schamloser junger Mann. Pollock beschloss, auch Merton aus seinen Gedanken zu verscheuchen, und stellte fest, dass das erstaunlich einfach war. Er konzentrierte sich auf die endlose Abfolge von Gesichtern, die vor der Fensterscheibe vorüberzogen und, nervös vor Eile, das Haar windzerzaust, kurz aus dem Dunkel der Straße auftauchten: eine Schar kichernder Büromädchen, ein junges, in ein lebhaftes Gespräch vertieftes Paar, dem kleine Dampfwölkchen aus dem Mund strömten. Dann konzentrierte er sich eine Weile auf die paar Geldmünzen, die neben seinem Glas auf der Theke lagen. Er ordnete sie mit dem Finger zu einer geraden Linie an, schob sie auseinander und wieder zusammen. Und dann beobachtete er, wie sich Miss Hennessy mit wiegenden Hüften, die Beine von ihrem Rock umspielt, ihr Haar locker auf den Schultern hüpfend, auf der anderen Seite des Saals zu der Tür mit der Aufschrift »Eingang« begab. Es gab ein Gedicht übers Nie-mehr-Zurückkehren. Wie ging das noch? Irgendwas übers Beobachten vorbeigleitender Boote.

»Noch mal nachfüllen, Sir?«

»Ja bitte.« Ein Gedicht von James Joyce – Alice hatte gesagt: »Oh, guck mal, George, das hier musst du lesen.

Das finde ich wunderschön« und hatte ihm das Buch gereicht. Sie waren in einer der kleinen Buchhandlungen mit knarrenden Holzfußböden in der Eighth Street gewesen, die Alice so mochte. Sie hatten Weihnachtseinkäufe gemacht, und er war todmüde gewesen, seine Füße heiß und wund in den engen Schuhen. (Wann war das gewesen? Nicht letztes Jahr; das Jahr davor? War es wirklich schon so lange her, dass sie zusammen eingekauft hatten?) »Beim Anblick der Muschelboote bei San Sabba« – oder San Irgendwas. Er musste das Gedicht mehrmals lesen, bis er es verstand, und dann hatte er sie angeschaut, und ihre Augen hatten geleuchtet. »Ist das nicht schön?«, hatte sie gefragt. »Ist das nicht wunderschön?«

Jungherzen hörte ich fragen
An blitzenden Rudern nach Liebe und Glück
Und hörte die Gräser der Ebenen klagen:
– Und nimmer kehr' ich zurück.

Ihr klagenden Gräser, ihr Herzen,
Eure Fähnlein betrauern ein altes Geschick:
Der wilde Wind, der gekühlt euch die Schmerzen,
– Gar nimmer kehrt er zurück.

Plötzlich war es fünf Minuten nach sechs. Die Wanduhr hatte ihn aufgeschreckt; er sah auf seiner Armbanduhr nach und drehte sich ruckartig auf dem Hocker um, um nach Miss Hennessy Ausschau zu halten. Zwischen den Tischen wuselten zwei neue Kellnerinnen. War sie schon gegangen? Die Brust wie eingeschnürt, beobachtete er die Tür, auf der »Ausgang« stand, und wartete, und dann kam sie, in ihrer Straßenkleidung sah sie sogar noch jünger aus. Sie blickte auf ihre Uhr und beeilte sich, ja stürmte geradezu durchs Restaurant. Er glitt von seinem Hocker und ging auf sie zu. »He, Miss Hennessy!«

Verdutzt wandte sie den Kopf und lächelte ihm zu, blieb aber nicht stehen. »Gute Nacht, Mr Pollock.«

»Einen Moment, Miss Hennessy, ich …« Sie war schon fast an der Tür, und er bemühte sich, sie abzufangen, und wäre fast mit einer Gruppe eintretender Gäste zusammengeprallt. »Hören Sie …«, begann er, und dann fiel ihm die kurze schwungvolle Geste mit seinem Hut wieder ein, die er geplant hatte, doch sie gelang ihm nicht allzu gut. »Ich würde Ihnen gern einen Drink spendieren, Miss Hennessy – Mary –, aber das dürfte gegen die Vorschriften sein.«

»Stimmt, Mr Pollock. Das ist sehr nett von Ihnen, aber ich bin spät dran und muss mich beeilen.«

»Genau«, sagte er, versperrte ihr den Weg und fasste sie am Ärmel. »Ich weiß, dass Sie spät dran sind, und deshalb dachte ich, dass Sie mir vielleicht erlauben würden, Sie nach Hause zu bringen.« Lächelnd entzog sie ihm ihren Ärmel. »Nein, tut mir leid, Mr Pollock, auch das verstößt gegen die Vorschriften. Warum gehen Sie nicht wieder zurück und trinken Ihren …«

Seine Hand legte sich um ihren Arm, drückte fest zu, und seine Stimme schrie fast: »Was für Vorschriften?«

Sie riss die Augen auf, und ihr Lächeln erlosch. Er ließ rasch die Hand sinken und sagte: »Tut mir leid, ich wollte Sie nicht erschrecken. Ich verstehe bloß nicht, warum Sie Einwände haben sollten, wo ich doch nur nett sein will.«

»Tja, ich hab aber einen Einwand.« Ihre Augen waren jetzt nur noch Schlitze, und ihr Blick schnellte von ihm zur Bar, als hielte sie Ausschau nach Hilfe. »Ich kann es nicht ausstehen, so gepackt zu werden.«

»Aber ich hab Sie doch nicht gepackt, verstehen Sie denn nicht? Ich habe bloß ...«

»Schon in Ordnung, Mr Pollock, vergessen wir das Ganze, ja? Gute Nacht.« Und mit einem zaghaften Lächeln schlüpfte sie um ihn herum und zur Glastür hinaus, zog sie hinter sich zu und eilte davon. Für einen Augenblick stand er zögerlich da, dann setzte er seinen Hut auf, stürmte ihr nach, und als er am Fenster vorbeikam, nahm er wahr, dass ein paar Leute in der Bar über ihn lachten. Sie war knapp zehn Meter vor ihm, auf dem Weg zum Eingang einer U-Bahn-Station, und er ging so schnell, wie er konnte, lief sogar ein paar Schritte. »Moment ... Ich bin nicht betrunken, verstehen Sie denn nicht?« Inzwischen war er neben ihr, rannte fast, und sein offener Mantel flatterte hinter ihm. »Hören Sie, Sie verstehen das nicht. Sollte ich eben eine Szene gemacht haben, so tut mir das leid ... Wenn Sie's mich bloß erklären ließen ...«

Sie blieb oben an der Treppe zur U-Bahn stehen und wandte ihm das Gesicht zu. »In Ordnung, Mr Pollock, bringen Sie's hinter sich und sagen Sie, was Sie zu sagen haben. Aber hören Sie auf, so zu *brüllen* und hinter mir herzulaufen. Die Leute gucken schon.«

»Tut mir furchtbar leid, ich weiß nicht, wie Sie darauf kommen konnten, dass ... Na ja, ein Mädchen in Ihrer Stellung dürfte viel Ärger mit Männern haben, die sie abschleppen wollen ...«

»Ist das alles, was Sie sagen wollten?«

»Nein, eigentlich wollte ich« – er spürte, wie sich sein Mund zu einem lächerlichen Grinsen verzog – »Sie bloß zum Essen einladen und ...«

»Lassen Sie meinen Arm los.«

»... Sie ein bisschen besser kennenlernen. Ich sehe keinen Grund, warum ...«

»Lassen Sie meinen Arm los.«

»... wir keinen netten ...«

»Lassen Sie meinen *Arm* los!« Sie entwand sich ihm und lief die Stufen hinab, er polterte hinterher und drängte sich an einem anderen Mann vorbei. Auf dem Treppenabsatz drehte sie sich um, dann flüchtete sie weiter und zwängte sich durch die Menge am Schalter.

»Moment!«, rief er und sprang von der letzten Stufe. »Moment!« Sie war schon auf dem Bahnsteig, und dort stand ein Zug bereit, dessen Türen sich öffneten. »Warten Sie!« Ein harter Schlag traf ihn in der Leistengegend, und er krümmte sich – das Drehkreuz. Wütend schlug er den Mantelschoß zurück und kramte in seiner Tasche nach einem Zehn-Cent-Stück. Er kam im selben Moment frei, als die Türen sich schlossen, stieß gegen den Brustkasten eines Mannes in einer Lederjacke und taumelte zur Seite.

»Warum zum Teufel können Sie nicht aufpassen?«, fragte die Lederjacke.

Der Zug setzte sich in Bewegung, und Pollock stand da und betrachtete ihn. Flatbush Avenue, Flatbush Avenue, Flatbush Avenue, dann war er verschwunden.

»He, Sie da. Ich hab gefragt, warum Sie nicht aufpassen können.«

»Tut mir leid.«

»Lassen Sie's nächstes Mal ruhiger angehen, verstanden?«

»Natürlich. Tut mir leid.«

Er verließ den Bahnsteig und stieg die Treppe rauf, knöpfte sorgfältig seinen Mantel zu und rückte den Hut zurecht. Er trottete vier, fünf Straßen weit, bis er stehen blieb und sich umschaute, und plötzlich wurde ihm klar, dass er nicht die geringste Ahnung hatte, wohin er ging.

EINE LETZTE LIEBSCHAFT

Ehrlich, Grace, es ist wirklich schön, wieder daheim zu sein. Ich meine, es war eine herrliche Reise, die ganzen verschiedenen Orte und alles, und das wollte ich um nichts in der Welt verpasst haben, aber ich weiß nicht, es ist schon seltsam. Als ich heute ins Büro kam und euch alle an denselben alten Schreibtischen sitzen sah und ihr alle so froh wart, mich zu sehen, und als Mr Willis mit diesem echt süßen Grinsen rauskommt und sagt: »Na, seht euch mal die Weltenbummlerin an«, weißt du, was ich da am liebsten gemacht hätte? Ich hätte am liebsten geheult.

Ich meine, ich hätte nie gedacht, dass mir das mal wegen dem Büro passieren würde, weißt du? Oh, du weißt, ich hab euch alle wahnsinnig gern und so. So ist das nicht gemeint, aber nachdem ich sechs Jahre für diese miesen Zwei-Dollar-Lohnerhöhungen geschuftet hab, oft so wütend auf Mr Willis war, dass ich hätte schreien können, und immer für meine Reise gespart hab … Ich meine, da sollte man denken, jetzt wo ich endlich gekündigt und die Reise gemacht habe, wäre es mir egal, ob ich das Büro je wieder zu Gesicht bekomme. Aber anscheinend gewöhnt man sich daran, dass alles auf eine bestimmte Art läuft, und egal, was man danach macht oder wo man hingeht, man kommt immer gern zurück. Weißt du, wie ich das meine? Hör mal, Grace, ich könnte den ganzen Abend hier sitzen und reden – ich meine, es ist wie in den alten Zeiten, hier bei Child's nach der Arbeit einen Kaffee trinken und alles – aber ehrlich, ich muss jetzt nach Hause, sonst bringt meine Mutter mich um. Ich hab ihr gesagt, ich würde bloß mal im Büro vorbeischauen, um Hallo zu sagen; da meint sie: »Ah, ich kenn dich doch – du verbringst da wieder den ganzen Tag.« Also hat sie mal wieder recht gehabt. Und außerdem kommt Marty heute Abend vorbei, und ich muss mein Kleid aus der Reinigung holen, bevor sie zumacht. Also hör zu, Grace, ich nenn dir jetzt bloß die Höhepunkte der Reise, und wenn du am Freitagabend vorbeikommst, können wir ausführlicher drüber reden, okay? Denn es gibt wirklich so viel zu erzählen, dass ich gar nicht weiß, wo ich anfangen soll.

Also, das Erste war natürlich die Schiffsreise. Ehrlich, ich werde nie vergessen, wie ihr an diesem Tag alle gekommen seid, um mich zu verabschieden, und die ganzen tollen Geschenke und dass ich geheult hab wie ein Baby; das war wirklich toll. Egal, kannst du dich noch an diesen echt süßen Mann erinnern, der aufstand und dir seinen Liegestuhl anbot, und wie ihr mich seinetwegen alle aufgezogen habt und ich total verlegen war? Also, am ersten Tag stellte sich raus, dass er verheiratet war – ehrlich, ich war stinkwütend –, aber seine Frau war auch richtig nett, sie war Französin, und wir saßen im Speisesaal am selben Tisch.

Da saß noch ein anderer Mann am Tisch, der ganz in Ordnung war, der war alleinstehend. Wir haben immer auf dem Schiff zusammen unsere Runde gedreht, bis er anfing, mir lästig zu fallen. Ich meine, ich hab ihn gemocht und so, aber er wollte sich mit mir in Paris verabreden, an der Riviera und in Venedig und Rom ... Er reiste an genau dieselben Orte wie ich, das war wirklich ein Problem. Also hab ich gesagt: »Hör mal, Walter« – er hieß Walter Meltzer und kam aus Milwaukee –; ich hab gesagt: »Hör mal, bloß weil eine Frau allein unterwegs ist, heißt das nicht, dass sie die ganze Zeit mit dem ersten Mann verbringen will, der ihr über den Weg läuft.« Das scheint er verstanden zu haben, denn nachdem das Schiff angelegt hatte, hab ich nichts mehr von ihm gesehen. Außer ein Mal in Rom, aber davon erzähl ich dir später.

Jedenfalls hab ich auf dem Schiff auch zwei echt nette Frauen kennengelernt, die, von denen ich dir geschrieben hab, weißt du noch? Pat und Georgine? Sie kamen aus Baltimore, waren beide Sekretärinnen, und ehrlich, die hatten so viel Spaß zusammen, dass ich mich nach den Zeiten gesehnt hab, in denen wir beide so viel gemeinsam unternommen haben. Also, Pat hatte sich mit einem echt netten Engländer angefreundet und verbrachte viel Zeit mit ihm, und Georgine war wütend, weil sie keinen Begleiter hatte. Ich machte sie mit Walter bekannt, in der Hoffnung, ihn auf die Art loszuwerden, aber sie sagte, er wär nicht ihr Typ. Ich glaube, er interessierte sich auch nicht besonders für sie. Ich meine, Georgine war nicht hässlich, sie war sehr intelligent und hatte eine echt gute Figur und alles, aber sie war ... ich weiß nicht, irgendwie still und bei allem zu ernst. Ich mochte Pat lieber. Aber ich kam mit beiden gut aus, und später beschlossen wir, in Paris zusammenzubleiben ... Ich meine, wir wohnten im selben Hotel und so.

Schließlich kamen wir in Le Havre an, und da musste Pat sich von ihrem Engländer verabschieden, denn er fuhr nach Southampton weiter. Also, sie brauchte so lange, um sich von ihm loszureißen, dass wir fast den Anschlusszug verpasst hätten, oder jedenfalls dachte Georgine, wir hätten ihn fast verpasst, und sie war echt wütend auf Pat. Auf der ganzen Fahrt nach Paris haben die beiden kein Wort miteinander gesprochen. Aber sobald wir dort ankamen, versöhnten sie sich wieder, und von da an hatten wir eine herrliche Zeit. Ich meine, Paris war wirklich wunderbar.

Am ersten Tag haben wir wie verrückt Klamotten gekauft; ich könnte mich immer noch in den Hintern beißen, dass ich so viel Geld ausgegeben hab. Da hab ich auch das Kleid gekauft, das ich trage ... Ehrlich, ich könnte heulen wegen dem Kaffeefleck vorne drauf; meine Mutter bringt mich um, wenn sie das sieht. Und ich hab noch ein paar andere gekauft; die zeig ich dir, wenn du am Freitagabend kommst.

Und als ich zu American Express gegangen bin, waren da die ganzen Briefe von euch ... Ehrlich, das hat sich so gut angefühlt. Auch Mr Willis hat einen total netten Brief geschickt – hat er euch damals davon erzählt? Ach, wirklich hinreißend –, er schrieb: »Ihnen zu Ehren haben wir alle Jalousien auf halbmast gesetzt.« Ehrlich, ich dachte, ich würde umfallen vor Lachen.

Und da – bei American Express, meine ich – haben wir diese drei echt netten Männer kennengelernt, von denen ich dir geschrieben hab. Die GIs? Zuerst wussten wir nicht, dass sie GIs waren, denn sie waren auf Urlaub und hatten Zivilkleidung an. Während wir auf unsere Post warteten, kamen wir ins Gespräch, und insgesamt sind wir wohl drei Mal mit ihnen ausgegangen, bevor sie zurück nach Deutschland mussten. Der von Pat war total süß, aber ich glaube, meiner war am nettesten, vom Charakter und so. Er hieß Ike Archer, das dürfte ich dir geschrieben haben, und er war wirklich ein netter Kerl. Das Einzige war, dass er im ganzen Gesicht Riesenpickel hatte, du weißt schon, wie bei einer richtigen Krankheit, und als er mich zum ersten Mal küssen wollte, hab ich ihn irgendwie weggestoßen, schätze ich. Hinterher hatte ich deswegen ein richtig schlechtes Gewissen, und später habe ich ihn mich zum Abschied küssen lassen, aber ich konnte es nie genießen. Jedenfalls hatten wir alle viel Spaß zusammen.

Die waren es auch, die uns nach Pigalle mitgenommen haben, und ehrlich, Grace, ich hätte die ganzen Geschichten über Pigalle nie geglaubt, wenn ich's nicht mit eigenen Augen gesehen hätte. Ich meine, da gibt's lauter Cabarets, in denen die Mädchen keinerlei Kleidung tragen ... Weißt du, nicht wie beim Striptease, sondern sie sind bei ihrem ganzen *Auftritt* nackt. Und natürlich stehen überall in Paris Prostituierte rum. Man sieht sie an jeder Ecke; an den Bahnhöfen, überall, ehrlich, man sieht, wie sie auf die Männer zukommen und sie am Arm fassen.

Jedenfalls sind die drei mit uns in ein echt nettes Lokal gegangen, das Harry's New York Bar hieß ... Das ist eine ganz normale kleine amerikanische Bar, weißt du? Dort würde man nicht auf den Gedanken kommen, dass man in Paris ist. Später sind wir da immer hingegangen, wenn wir keine Verabredungen hatten; ich meine, dort konnten wir drei uns, anders als in einer normalen französischen Bar, gut amüsieren, ohne ein komisches Gefühl zu haben, weil wir allein hingingen. Und später haben wir drei Luftfahrtpiloten kennengelernt ... Oder, es war wohl nur einer von ihnen Pilot, die anderen arbeiteten im Büro oder irgendwo. Wir kamen bei Harry's mit ihnen ins Gespräch, und sie waren es, die uns ins Künstlerviertel am linken Seineufer mitgenommen haben! Ehrlich, Grace, man sitzt in einem dieser Straßencafés, und da kommen in einem Zeitraum von fünf Minuten die seltsamsten Gestalten vorbei, die man je gesehen hat. So ähnlich wie im Village, nur viel verrückter. Alle Frauen tragen schwarze Pullover und schwarze Hosen, hat was von einer Uniform, und die Männer haben einen Bart oder Haare bis auf die Schultern oder sonst was.

Ach ja, ich wollte dir von den Piloten erzählen oder was auch immer sie waren. Wir sind nur dieses eine Mal mit ihnen ausgegangen. Meiner war ganz in Ordnung, aber leider verheiratet. Sein Freund hat's Georgine gesagt, und die hat's mir erzählt, als wir auf der

Damentoilette waren, und danach hatte ich irgendwie ein komisches Gefühl, weißt du, was ich meine? Also, ich hab mich nicht prüde angestellt oder so, aber trotzdem war ich froh, als ich den Abend hinter mir hatte. Außerdem ist er ganz und gar nicht mein Typ gewesen. Er sah nicht schlecht aus, ein bisschen wie Richard Widmark, wenn auch ziemlich korpulent, und seine Hände waren ständig feucht. Kennst du diese Männer mit feuchten Händen? Und noch was, er hat die ganze Zeit gelacht, egal, ob jemand was Witziges gesagt hatte oder nicht. Er lachte einfach, so wie manche Frauen, weißt du? So eine Art Kichern. Georgine war jedenfalls auch nicht besonders wild auf ihren Kerl, also verabredeten wir uns nach dem ersten Abend nicht mehr mit ihnen, doch Pat traf sich weiter mit ihrem. Ich persönlich hab nicht verstanden, was sie an ihm fand, aber das ist wohl ihre Sache. Doch Georgine wurde richtig wütend; sie sagte zu Pat, dass sie ihn zu weit gehen ließe, und dann stritten sie sich mal wieder, aber nicht lange.

Im Großen und Ganzen hatten wir jedenfalls eine herrliche Zeit in Paris, haben uns alle Sehenswürdigkeiten angeschaut und so – Notre-Dame, Sacré-Cœur, den Eiffelturm und alles. Am Eiffelturm wollte ein Franzose Pat abschleppen ... Ich hab dir davon geschrieben; war das nicht zum Totlachen? Ich meine, er muss mindestens fünfzig gewesen sein und hatte einen Ehering am Finger und so. Schließlich mussten wir mit Pat ein Taxi nehmen und wegfahren, um ihn loszuwerden. Und bei Sacré-Cœur haben wir jede Menge Fotos gemacht ... Ich seh darauf natürlich wieder ganz schrecklich aus; mein Mantel macht mich einfach zu dick. Ich zeig sie dir, wenn du am Freitag kommst.

Oh, und natürlich haben wir viel gekauft, neben Klamotten, meine ich. In die Cafés kommen immer kleine Männer – vermutlich Araber – und verkaufen selbst gemachte Ledersachen: Geldbeutel, Handtaschen, alles Mögliche. Ich hab so einen tollen großen Kissenbezug gekauft ... Ich meine, es ist eine Lederhülle für ein Sitzkissen, und man stopft sie selbst aus ... Die würde sich zu Hause in der Nische gut machen, dachte ich. Und für dich hab ich Parfüm besorgt. Aber hör zu, Grace, wenn's dir nicht gefällt, wenn du am Freitag kommst, dann kannst du ja vielleicht mit meiner Mutter tauschen. Ich meine, das Fläschchen, das ich ihr gekauft hab, dürfte eher was für dich sein als für sie. Mal sehen, was du meinst.

In Paris hab ich also etwa drei Wochen verbracht, und dann war ich wieder allein. Pat und Georgine sind noch eine Weile in dem Hotel geblieben; sie wollten Pats Bruder in Deutschland besuchen und dann nach Hause fahren. Aber ich bin weitergereist, nach Cannes an der Riviera. Ehrlich, Grace, da unten ist es einfach wunderbar. Erst einmal war das Hotel wirklich gut; ich meine, das Essen war himmlisch, und alle waren so galant und höflich und alles. Anfangs fühlte ich mich ein bisschen einsam, aber schon bald hab ich eine nette Frau namens Norma kennengelernt ... Ich hab dir einiges über sie geschrieben, weißt du noch? Die Lehrerin aus Rhode Island?

Also gingen Norma und ich da unten jeden Tag schwimmen. Anfangs hatte ich Angst, mit einem der beiden Bikinis dort aufzukreuzen, die ich in Paris gekauft hatte, obwohl fast alle Frauen dort so was tragen, und als ich schließlich einen anhatte, zog Norma mich auf, und ich war so verlegen – ehrlich, es war ganz schrecklich –, dass ich danach wieder meinen alten Badeanzug genommen habe. Und jetzt weiß ich nicht, wann ich je die Gelegenheit kriege, sie anzuziehen. Beim Sonnenbaden oben auf dem Dach geht es wohl, denke ich.

Jedenfalls gab's da so einen echt süßen Franzosen – er war zuständig für die Körperkultur am Strand, so nennen die das da; er machte Kniebeugen mit den Leuten und so – und glaub mir, Grace, du hast noch nie so eine Statur gesehen. Arme? Mein Gott, der hatte solche Arme. Und Sonnenbräune? Ich sag dir, er war ein richtiger Prachtkerl. Aber lass mich erzählen, was passiert ist – das war wirklich zum Totlachen. Also, ich kam mit ihm ins Gespräch, er konnte ein paar Brocken Englisch, und ich dachte, er würde mich um eine Verabredung bitten oder so, weißt du? Ich meine, er schien mich echt zu mögen und alles, aber er hat's nie getan. Und irgendwann hab ich mit Norma über ihn gesprochen, und da sagt sie, dass Jeanne sich sehr glücklich schätzen könnte. Also frage ich: »Wer ist Jeanne?« Und sie sagt: »Na die Frau da drüben, hast du das nicht gewusst?« Sie deutete auf eine echt schnuckelige kleine Blondine, die an der Strandbar hinter der Theke stand und Limonade und so verkaufte. Ich sage: »Du meinst, sie ist seine

Frau?« Und Norma zwinkert mir zu und sagt: »Na ja, nicht gerade seine *Frau.*« Wie sich rausstellte, war sie seine Geliebte, alle wussten es, und ich flirte wie verrückt mit dem Kerl. Und das Witzige war, das schien der Frau gar nichts auszumachen ... Ich meine, sie hat mich immer angelächelt und war richtig nett; es schien ihr völlig egal zu sein, wem der Kerl schöne Augen macht.

Jedenfalls sind Norma und ich dann zusammen nach Nizza gefahren, aber es gefiel uns dort nicht besonders, und wir blieben nur einen Tag, bevor wir den Zug nach Venedig nahmen. In Venedig haben wir eine richtige Sightseeingtour gemacht. Norma stand da total drauf und hatte jede Menge über Italien gelesen. Wenn du am Freitag kommst, zeige ich dir die Bilder. Es gibt eins von Norma und mir in einer Gondel ... aber darauf seh ich furchtbar aus; wie ein Maulwurf, denn man kann meine Augen nicht sehen. In Venedig haben wir auch ein paar Sachen gekauft. Zum Beispiel diese silberne Brosche hier und das Feuerzeug. Männer haben wir dort keine kennengelernt, aber wir haben uns auch allein gut amüsiert, und wahrscheinlich haben wir viel mehr gesehen, als wenn wir uns jeden Abend verabredet hätten. Doch in Venedig haben wir die einzige schlimme Erfahrung auf der ganzen Reise gemacht.

Am letzten Tag, bevor wir nach Rom fuhren, sagte Norma, wir könnten doch mal in diesem kleinen Restaurant essen, das sie gesehen hätte, einem richtig malerischen kleinen Lokal. Wir hatten bis dahin immer im Hotel gegessen, weißt du, wo das Essen echt gut war, und ich sagte okay. Ich hab schon beim ersten Bissen gedacht, dass mit dem Essen was nicht stimmt, oder vielleicht mit dem Wein, aber Norma hat gesagt: »Ach, das bildest du dir nur ein.« Jedenfalls haben wir diese große Mahlzeit gegessen und uns dann gleich in den Zug gesetzt, und mein Gott, eine halbe Stunde später war uns beiden hundeelend. Ehrlich, von der Fahrt nach Rom weiß ich nur noch, dass ich im Zug dauernd aufs Klo gerannt bin. Ich meine, es muss eine Lebensmittelvergiftung oder so was gewesen sein; mir war im ganzen Leben noch nie so übel. Und bei der Ankunft in Rom konnten wir uns bloß in ein Taxi setzen, zum Hotel fahren und zwei Tage lang im Bett liegen bleiben. Und jedes Mal, wenn ich danach eine Flasche von dem italienischen Rotwein gesehen habe oder irgendwas, das wir an jenem Abend gegessen hatten, überkam mich wieder diese Übelkeit.

Aber als das vorbei war – und ich meine, wir haben echt Glück gehabt, denn das war die einzige schlimme Erfahrung, die wir auf der ganzen Reise gemacht haben –, danach sind wir rausgegangen und haben uns die Stadt angesehen, Vatikan und so. Norma hatte nur noch ein paar Tage, bevor's nach Sizilien weiterging, also mussten wir eine rasante Sightseeingtour machen. Norma war eine große Hilfe; ich meine, sie sprach ein bisschen Italienisch, und wie gesagt, sie hatte jede Menge zum Thema gelesen und konnte mir alles über diese alten römischen Ruinen und so erklären.

Nach Normas Abreise hatte ich jedenfalls keine große Lust mehr auf Sightseeing, und mein Geld wurde auch langsam knapp, also blieb ich ein paar

Tage lang beim Hotel. Und eines Abends, ein paar Tage, bevor ich in Le Havre wieder an Bord musste, ging ich ins Foyer runter, um amerikanische Zeitschriften zu kaufen, und da läuft mir doch plötzlich Walter Meltzer über den Weg, der Mann, den ich auf dem Schiff kennengelernt hatte. Ich meine, was für ein Zufall, dass wir im selben Hotel wohnten und alles. Also aßen wir dort zu Abend und gingen dann in einen Nachtclub, wo sie echt gute Musik spielten. Wir haben uns ziemlich gut amüsiert, und irgendwie tat es mir leid, dass ich ihm auf dem Schiff eine Abfuhr erteilt hatte, aber trotzdem ... ich weiß nicht, er war nicht mein Typ. Eher dein Typ, finde ich, Grace; dir hätte er wahrscheinlich gefallen.

Jedenfalls war das so ungefähr alles. Ich verbrachte noch ein paar Tage in Rom und fuhr dann zurück nach Le Havre. Ich blieb einen Tag in Paris, wollte Pat und Georgine besuchen, aber sie waren schon nach Deutschland gereist. Ach, und an jenem Tag hab ich ein wirklich hinreißendes Kleid gesehen, aber ich hatte nicht mehr genug Geld, um es zu kaufen ... Ehrlich, ich hätte mich in den Hintern beißen können. Also ging's am nächsten Tag nach Le Havre, und das war's dann. Auf dem Schiff war ein älterer Mann, der mir die ganze Zeit schöne Augen machte und mit mir ins Gespräch zu kommen versuchte und so, aber ich habe ihm keine Beachtung geschenkt.

O mein Gott, Grace, guck mal, wie spät es ist. Meine Mutter bringt mich echt um ... Ach, und du hast mir auch noch eine Tasse Kaffee bestellt, während ich vor mich hin gequasselt hab. Na wenn sie schon mal da ist, sollte ich sie wohl trinken, was? Ich bin schon so spät dran, dass es auf zehn Minuten auch nicht mehr ankommt ... Für die Reinigung ist es jetzt sowieso zu spät. Und wenn Marty zu früh kommt, kann er ja warten; er wird's überleben.

Da hab ich die ganze Zeit geredet wie ein Wasserfall und dich nicht mal zu Wort kommen lassen. Aber ehrlich, das ist wie in alten Zeiten, was? Weißt du noch, wie oft wir hier gesessen und mit den Karten und allem meine Reise geplant haben? Und jetzt sind wir wieder hier, und alles ist vorbei und das ganze Geld ausgegeben. Aber weißt du was? Ich finde immer noch, dass ich mit dem Geld nichts Besseres hätte anfangen können. Ich meine, das ist was, das ich nie vergessen werde. Junge, Junge, der Kaffee schmeckt aber gut ... Lass dir das gesagt sein, der einzige Ort auf der Welt, an dem man so einen Kaffee kriegt, ist New York.

Mensch, ist trotzdem komisch, weißt du? Ich meine, jetzt bin ich wieder daheim, und in zwei Monaten heirate ich und so – Mrs Martin Krom. Kannst du dir das vorstellen? Ach, und ehrlich, Grace, seit meiner Rückkehr benimmt sich Martin ganz komisch. Ihm hat die Idee mit der Reise nie behagt, weißt du, auch wenn er nicht versucht hat, mir die Sache auszureden. Ich meine, wir hatten von Anfang an, schon vor unserer Verlobung, eine Abmachung. Ich hab immer gesagt: »Hör mal, ich hab lange dafür gespart, habe alles lange geplant und hab immer noch vor, diese Reise zu machen.« Ich meine, du weißt, wie ich das gesehen habe; es sollte so was wie eine letzte Gelegenheit sein, bevor ich mich häuslich niederlasse.

Aber egal, die Kollegen in Martys Büro haben ihn deswegen wohl aufgezogen oder so, denn weißt du, was er mich am ersten Abend nach meiner Rückkehr gefragt hat? Ob ich meinen Verlobungsring getragen hätte, während ich weg war. Ich meine, ich hatte nichts dagegen, dass er mir diese Frage stellt, aber irgendwas an der Art, wie er es gesagt hat, hat mich wütend gemacht, weißt du? Also hab ich gefragt: »Weshalb hätte ich den denn tragen sollen? Glaubst du etwa, ich wollte mir die ganze Reise verderben? Und mich um jeglichen Spaß bringen?«

Da sagt er: »So sollten sich verlobte Frauen aber nicht aufführen.« Und ich: »Hör mal, erzähl mir nicht so einen Mist. Als Mann muss man keinen Verlobungsring tragen, also hast du leicht reden. Ein Mann ist privilegiert, er kann tun, was ihm gefällt. Ich hab eine Menge Männer gesehen, die jede Gelegenheit für eine letzte Liebschaft ergreifen würden, bevor sie heiraten, aber bloß weil eine Frau das tut, willst du mir erzählen, wie Frauen sich aufzuführen haben.«

Und da sagt er: »Du hast aber nicht erlebt, dass ich's tue, oder?«

Da musste ich lachen; und dann hab ich gesagt: »Hör mal, Bruder, mach dir nichts vor. Wenn du genug Geld hättest, würdest du's im Handumdrehen tun.«

EIN GENESENDES SELBSTBEWUSSTSEIN

»Während ich weg bin, könntest du die neuen Teetassen ausspülen«, sagte Jean. »Hast du gehört, Bill?«

Ihr Mann blickte von seiner Zeitschrift auf. »Klar. Die Teetassen spülen.« Und als sie sich bückte, um den Reißverschluss an der Jacke des kleinen Mike zu schließen, sah er an der Form ihrer Schultern und ihres Rückens, dass es mal wieder einer dieser Tage war, an denen sie sich überarbeitet und nicht gebührend gewürdigt fühlte. »Soll ich sonst noch was tun?«, fragte er.

Sie richtete sich auf, drehte sich um und strich mit müder Hand ihr Haar zurück. »Ach, nein, ich denke nicht, Bill. Ruh dich einfach aus oder was auch immer du tust.«

»Park!«, forderte Mike. »Park, Park!«

»Ja, Schatz, wir gehen ja in den Park. Mal sehen«, sagte sie unbestimmt, »hab ich alles? Schlüssel, Geld, Einkaufszettel ... ja. Gut, dann komm, Mike. Sag ›Bye-bye, Daddy‹.«

»Bye-bye, Daddy«, sagte der Kleine, und sie führte ihn aus der Wohnung und schlug die Tür hinter sich zu.

Bill machte es sich wieder auf dem Sofa bequem und nahm die Zeitschrift, doch die in ihm gärende

Erinnerung an ihre Worte machte es ihm unmöglich zu lesen. »Ruh dich aus oder was auch immer du tust.« Was erwartete sie denn von ihm, er war ja erst zwei Wochen aus dem Krankenhaus. Der Arzt hatte ihm doch Ruhe *verordnet*, oder? Wütend schlug er die Zeitschrift zu und warf sie in Richtung Couchtisch. Sie verfehlte ihn, landete auf dem Teppich und lenkte seine Aufmerksamkeit auf seine Zigarettenasche, die dort hingefallen war. Tja, vielleicht war sie wirklich überarbeitet, aber was erwartete sie? Nach so einer Operation konnte sie von Glück sagen, dass sie keine Witwe war, oder? Mit der Zeitschrift als Kehrschaufel schabte er einen Großteil der Asche vom Boden, streifte sie in einen Aschenbecher und verrieb dann die Überreste mit seinem Hausschuh im Teppich. Erst als er in die Küche ging, um sich ein Glas Milch einzugießen (der Arzt hatte ihm auch verordnet, viel Milch zu trinken), fielen ihm die Teetassen wieder ein. Sie hatte sie neben dem Spülbecken aufgereiht – vier schlichte kleine Tassen und Untertassen, die sie am Abend zuvor mitgebracht hatte. »Ich konnte nicht widerstehen, Bill«, hatte sie gesagt, »und wir brauchen doch neue Tassen. Das findest du doch nicht verschwenderisch, oder?« Er musste lächeln, während er die Spülbürste einseifte. Vier Tassen – das war inzwischen ihre Vorstellung von Verschwendung. Letztes Jahr hätte sie sie gekauft, ohne sich Gedanken darüber zu machen. Eine lange Krankheit veränderte wirklich die Einstellung zum Geld. Doch in einem Monat würde er wieder auf den Beinen sein und am Zahltag stets einen Riesenscheck nach Hause bringen, dann konnte sie sich wieder entspannen. Dann konnten sie wieder all das tun, was sie schon fast vergessen hatten – sich Kleidung kaufen, die sie nicht brauchten, ins Kino gehen, Partys geben und bis in die Puppen aufbleiben, wenn sie Lust darauf hatten. Dann kam sie vielleicht über die trostlose Aufgabe hinweg, auf jeden Cent achten zu müssen. Dann würde sie vielleicht ... Plötzlich hörte er ein Knacken und sah Porzellanscherben im Spülbecken. Es war alles so schnell gegangen, dass er mit zitternden Händen dastand und eine volle Minute brauchte, um zu begreifen, was passiert war. Die Seifenschale aus Porzellan war unter dem Druck seiner Bürste von der Wand gefallen und zerbrochen und hatte die Tasse und die Untertasse zersplittert, die er gerade gespült hatte. Er hob die zerbrochene Seifenschale auf und betrachtete die Stelle, wo sie gehangen hatte, und sein erster Gedanke war: Das ist aber nicht *meine* Schuld. Das blöde Ding hatte dort an zwei rostigen Häkchen gehangen – es wäre schon beim geringsten Druck heruntergefallen, und erstaunlich war bloß, dass es nicht schon viel früher passiert war. Das ist aber nicht *meine* Schuld, sagte er sich wieder. Er klaubte die Scherben auf und warf sie in den Müll. Dann spülte er ganz vorsichtig die anderen Tassen und Untertassen, trocknete sie ab und räumte sie weg. Doch beim Aufhängen des Geschirrhandtuchs zitterten ihm noch immer die Hände, und als er wieder ins Wohnzimmer ging, fühlte er sich schwach in den Knien. Er setzte sich, zündete eine Zigarette an und wälzte den kurzen Satz in Gedanken ständig hin und her – ist nicht *meine* Schuld, ist nicht *meine* Schuld –, immer weniger davon überzeugt. Seit seiner Entlassung aus dem Krankenhaus war so was fast jeden Tag vorgekommen. Als Erstes hatte er festgestellt, dass er seinen Füller in seinem Nachttisch im Krankenhaus vergessen hatte, und Jean musste extra noch mal hinfahren, um ihn bei den Schwestern abzuholen. Und als er am zweiten oder dritten Tag darauf beharrt hatte, bei der Hausarbeit zu helfen, hatte er den Staubwedel am Fenster so fest geschüttelt, dass sich der Kopf des Dings löste und fünf Stockwerke tief in den Hof fiel, während er vor dem Fensterbrett stand und sinnlos den nackten Stiel schüttelte. Ein andermal hatte er das Waschbecken überlaufen lassen, außerdem hatte er bei dem Versuch, ein Rad wieder anzunageln, die ganze Seite von Mikes Spielzeugauto aufgeschlitzt, und dann war da noch der schreckliche Morgen gewesen, an dem er sich nicht nur beim Abziehen des Metallstreifens an einer Kaffeedose in den Daumen geschnitten, sondern auch den Kaffee auf dem ganzen Boden verschüttet hatte. Anfangs hatte Jean darüber gelacht (»Armer Liebling, du bist wohl aus der Übung, was?«), doch in letzter Zeit reagierte sie mal ausgesucht freundlich, mal mit schmallippigem Schweigen, und er wusste nicht, was von beidem schlimmer war. Wie genau sollte er ihr von dem Vorfall erzählen? Eine nette kurze Entschuldigung kam nicht infrage; er konnte auf keinen Fall sagen: »Tut mir leid, Liebling, ich hab eine der Tassen zerbrochen« und dabei auch nur einen Funken Würde bewahren. Aber was konnte er sonst sagen?

Schweiß perlte auf seinem Schädel, und seine Finger trommelten krampfhaft auf den Tisch. Entschlossen drückte er seine Zigarette aus, strich sein Haar glatt und lehnte sich zurück, um sich zu entspannen. Man konnte sich um den Verstand bringen, wenn man Kleinigkeiten so schwernahm; er musste sich zusammenreißen. Die Seifenschale war nicht sicher befestigt gewesen, das Ganze hätte jedem passieren können, und es gab keinen Grund, sich zu entschuldigen. Es hatte mit Sicherheit keinen Sinn, ihr sofort davon zu erzählen, wenn sie das Haus betrat. Natürlich war es am besten, wenn sie es selbst entdeckte und er ihr alles vernünftig und ruhig erklärte, sobald sie danach fragte. Er malte sich die Szene aus.

Sie würde mit einer Ladung Lebensmittel reinkommen, und Mike würde wahrscheinlich quengeln. Er würde natürlich vom Sofa aufstehen und ihr alles abnehmen, doch sie würde sagen: »Nein, schon in Ordnung, Bill. Bleib sitzen. Mike, jetzt gib Ruhe.« Er würde trotzdem versuchen, die Sachen zu nehmen, und sie würde sagen: »Nein, Bill, mach keinen Unsinn. Willst du etwa wieder krank werden?« Also würde er sich setzen und beobachten, wie sie in die Küche ging und Mike ihr hinterhertrottete. Vielleicht würde sie es sofort entdecken, doch wahrscheinlich würde sie zunächst zu beschäftigt sein. Sie würde es erst bemerken, wenn sie die Lebensmittel weggeräumt und sich um Mike gekümmert hätte, vielleicht auch erst, wenn sie angefangen hatte, das Mittagessen zu machen. Dann würde in der Küche plötzlich Schweigen eintreten, und er würde ihre höfliche, fragende Stimme hören: »Bill?«

»Ja, Schatz?«

»Was ist denn mit der Seifenschale passiert?«

»Die war nicht richtig befestigt.«

»Sie war nicht *was*?«

»Ich darf nicht schreien«, würde er besonnen sagen. »Du musst schon herkommen, wenn du mich verstehen willst.« Und wenn sie mit dem Ausdruck hart auf die Probe gestellter Geduld zur Küchentür käme, würde er wohlüberlegt sagen: »Die Seifenschale war nicht richtig befestigt, Jean. Ist dir das nie aufgefallen? Ich weiß gar nicht, wie dir das entgehen konnte. Da waren nur zwei rostige Häkchen, und ...«

»Du meinst, du hast sie zerbrochen?«

»Nein, hab ich nicht. Ich meine, es war nicht meine Schuld. Willst du nun wissen, was passiert ist, oder nicht?«

Sie würde seufzen, vielleicht sogar die Augen verdrehen und sich dann mit demonstrativer Aufmerksamkeit setzen. »Also«, würde er beginnen, »ich hab gerade die Tassen gespült, und als ich die Bürste einseifte – dabei hab ich die Seifenschale völlig vorschriftsmäßig benutzt –, haben die beiden rostigen Häkchen nachgegeben, und das ganze Ding fiel ins Spülbecken. Und da standen noch die Tasse und Untertasse, die ich gerade gespült hatte, weißt du, und ...«

»O nein«, würde sie sagen und die Augen schließen. »Bill, hast du etwa auch eine der neuen Tassen zerbrochen?«

»*Ich* hab sie nicht zerbrochen! Es war ein Unfall, verstehst du denn nicht? Ich hab sie genauso wenig zerbrochen wie du!«

»Brüll nicht so!«

»Ich brüll doch gar nicht!« Und inzwischen würde Mike vermutlich wieder weinen.

Bill sprang vom Sofa auf, stakste im Zimmer umher und zwirbelte vor Wut Knoten in den Gürtel seines Bademantels. So durfte er die Sache auf keinen Fall angehen. Warum machte er sich immer zum Narren? Warum sollte er sich ständig mit solchen kleinen Erniedrigungen rumschlagen? Ach, und sie würde jeden Augenblick davon auskosten, mit dieser ewigen Nummer, dass sie ihre Last mit einem Lächeln trug. Das hielt er langsam nicht mehr aus – genauso wenig wie ihre ständigen Witzeleien übers »Ausruhen«. Es war Zeit, dass sie ein für alle Mal begriff, wer in dieser Familie die Hosen anhatte, Bademantel hin oder her.

Plötzlich hielt er atemlos inne, denn er stand dicht vor einer neuen Idee. Grinsend streifte er den Bademantel ab und ging ins Bad, um sich zu rasieren. Zuerst war die Idee nur ein kühner Schemen in seinem Kopf, doch beim Rasieren entwickelte er daraus einen geordneten, perfekten Schlachtplan. Wenn er sich rasiert hatte, würde er sich richtige Sachen anziehen und die Wohnung verlassen. Sie würde frühestens in einer Stunde zurück sein, das gab ihm jede Menge Zeit. Er würde in einem Taxi zu dem Laden fahren, in dem sie die Tassen gekauft hatte (zum Glück wusste er, welcher Laden es war), und eine Tasse mit Untertasse kaufen, um die zerbrochene zu ersetzen. Dann würde er eine Seifenschale mit stabiler Wandbefestigung und auf dem Heimweg ein Dutzend langstieliger Rosen kaufen – und eine Flasche Wein. Als ihm die Idee mit dem Wein kam, musste er lächeln. Das war perfekt – eine Flasche richtig guten Wein, vielleicht auch Champagner, zum Feiern. Dann würde er rasch nach Hause fahren, um rechtzeitig fertig zu sein, und es würde folgendermaßen laufen:

Sie würde müde, mit Lebensmitteln beladen reinkommen, und Mike würde heulend an ihrem Rock ziehen. Sie würde »Mike, lass das!« sagen, und während sie sich bückte, um ihn von ihren Beinen wegzuzerren, würden wahrscheinlich ein paar Grapefruits aus der zu voll gestopften Papiertüte fallen. Sie würde »Oh …« sagen, doch bevor sie noch etwas hinzufügen könnte, würde er ihr die Sachen im Nu aus den Armen nehmen und die kullernden Grapefruits vom Boden aufheben. »Bill!«, würde sie fassungslos sagen, »was machst du denn da?«

»Das ist doch wohl klar«, würde er lächelnd sagen, sich vielleicht sogar verbeugen und die ganzen Sachen mit einem Arm festhalten, während er Mike mit dem anderen wegzog. »Willst du nicht reinkommen?« Dann würde er Mike ansehen. »Geh in dein Zimmer, Sohn, und hör auf mit dem Geplärr. Das dulde ich nicht.« Der Junge würde vor Respekt die Augen aufreißen und zu seinem Zimmer schleichen. »Aber dalli!«, würde Bill ihn auffordern, und Mike würde verschwinden. »Entschuldigst du mich einen Moment, Liebling?«, würde er dann zu seiner Frau sagen. »Mach's dir schon mal bequem.«

»Aber Bill, du bist ja angezogen.«

Er würde auf dem Weg zur Küche stehen bleiben, sich umdrehen und noch eine kurze Verbeugung machen.

»Offensichtlich.« Er würde bloß einen Augenblick in der Küche bleiben, gerade so lange, um die Tüten abzustellen, und dann würde er mit einem Teewagen zurückkehren, auf dem er vorher die Schachtel mit den Rosen, die Champagnerflasche in einem Eiskübel, zwei Stielgläser und vielleicht ein Schälchen gesalzene Nüsse angeordnet hatte.

»Bill«, würde sie sagen, »hast du den Verstand verloren?«

»Ganz im Gegenteil, Liebling.« Er würde leise lachen. »Man könnte eher sagen, ich hab ihn wiedererlangt. Oh, hier ... Die sind für dich.« Und wenn sie, die Rosen im Schoß und ein Glas in der Hand, auf dem Sofa saß, würde er mit einer schwungvollen Bewegung die Flasche abtrocknen, den Korken knallen lassen und den Champagner einschenken. »Also«, würde er sagen. »Darf ich einen Trinkspruch ausbringen? Auf die Erinnerung an deine edle Tapferkeit und Opferbereitschaft während meiner gesamten Krankheit; auf die Feier meiner vollständigen Genesung, die sich heute zugetragen hat; und auf die Fortdauer meiner« – an dieser Stelle würde er gewinnend lächeln – »und deiner ausgezeichneten Gesundheit.«

Doch bevor sie tränke, würde sie bestimmt voll Angst in der Stimme fragen: »Bill, wie viel hat das alles *gekostet?*«

»Gekostet?«, würde er sagen. »Gekostet? Sei nicht albern, Liebling. All das ist jetzt vorbei. Trink!«

Frohlockend ließ er das Rasiermesser ein letztes Mal beschwingt über die Wange gleiten und schnitt sich böse, direkt über der Lippe. Sein Gedankengang wurde von der Aufgabe unterbrochen, die Seife wegzuwaschen und den Fetzen eines Papiertaschentuchs auf die Wunde zu drücken, und als er sich wieder seinem Plan zuwandte, hatte dieser viel von seinem Glanz verloren. Dennoch hielt er beharrlich daran fest, wie jemand, der wieder einschlafen will, um einen Traum zu Ende zu träumen.

»Ich erkläre alles von Anfang an«, würde er zu ihr sagen, »aber erst musst du einen Schluck trinken.«

Verblüfft, misstrauisch, würde sie an ihrem Glas nippen.

»Also. Als du heute früh gegangen bist, Liebling, hatte ich die Nase total voll von meiner dummen Genesungszeit ... diesem ›Ausruhen‹, wie du es so treffend genannt hast. Ich hatte die Nase so voll, dass ich ungeschickt war und als Allererstes eine der neuen Tassen zerbrochen habe. Ja! Hab sie zerdeppert, und ich könnte durchaus verstehen, wenn du wütend wärst. Aber hör zu. Das Zerdeppern der Tasse hatte eine erstaunliche therapeutische Wirkung auf mich. Plötzlich hab ich begriffen, dass ich so nicht mehr weitermachen kann, sonst werde ich tatsächlich krank. Ja, und auch dich würde es ganz krank machen, mit so einem Mann zu leben. Deshalb erkläre ich hiermit, dass das Ganze ab heute aus und vorbei ist. Dass ich wieder zur Arbeit gehe und alles. Und sofort hab ich mich pudelwohl gefühlt. Wie im ganzen Leben noch nicht. Trink!«

»Moment mal«, würde sie sagen. »Versuch dich zu beruhigen und lass mich ...«

»Aber ich bin ganz ruhig.«

»Gut. Lass mich das einfach richtig verstehen. Du hast eine Tasse zerdeppert, und dann bist du abgedampft und hast dieses ganze verrückte Zeug gekauft ... hast mehr Geld ausgegeben als ich in den letzten zwei Wochen für Lebensmittel. Richtig?«

»Liebling«, würde er sagen. »Das hab ich morgen um diese Zeit doch längst wieder reingeholt. Ein halber Tag im Büro deckt all das ab, und ich habe fest vor, von jetzt an all meine Tage – volle Tage – im Büro zu verbringen.«

»Ach, sei nicht so dumm. Du weißt ganz genau, dass du erst in einem Monat wieder arbeiten darfst.«

»Davon weiß ich nichts. Ich weiß bloß ...«

»*Ich* weiß bloß«, würde sie sagen, »dass ich beim Nachhausekommen feststellen muss, dass mein Budget für die kommenden Wochen gesprengt ist, du dich aufführst wie ein Verrückter und eine der neuen Tassen kaputt ist.«

»Über die Tasse brauchst du dir keine Gedanken mehr zu machen«, würde er mit eisiger Stimme sagen. »Ich hab sie ersetzt. Genau wie die Seifenschale.«

»O nein«, würde sie sagen und die Augen schließen. »Du meinst, du hast auch die Seifenschale zerdeppert?«

»Hör zu«, würde er sagen oder wahrscheinlich brüllen. »Ich gehe morgen ins Büro, ist das klar?«

»Du gehst ins Bett«, würde sie sagen und aufstehen. »Ist das klar? Und ich mache das Mittagessen, und dann seh ich mal, ob der Blumenhändler die Rosen zurücknimmt. Das bringt wenigstens einen Teil des Geldes zurück. Und ich verständige wohl den Arzt, damit er sich dich mal ansieht. Wahrscheinlich hast du dir heute früh sehr geschadet. Du bist hysterisch, Bill.«

Als sich die Szene in seinem Kopf totgelaufen hatte, starrte er grimmig in den Spiegel und atmete schwer. So mühelos würde sie sich durchsetzen. Sie setzte sich immer durch. Und selbst wenn er am Morgen zur Arbeit ginge, wäre alles verdorben, der Sinn des Ganzen verloren. Jeder Weg war ihm versperrt. Er stapfte aus dem Badezimmer und zog sich geistesabwesend den Bademantel an, während er auf dem Teppich umherging. Moment mal, dachte er und blieb wieder unvermittelt stehen. Was, wenn er gar nicht *hier* war, wenn sie nach Hause kam? Was, wenn er jetzt ins Büro ging, bevor sie ihn davon abhalten konnte? Es war erst kurz nach elf – er konnte jetzt gehen, einen halben Tag lang arbeiten und *dann* mit der neuen Tasse und der Seifenschale, den Blumen und dem Champagner nach Hause kommen. Was konnte sie dazu schon sagen? Wie sollte es zu einem Streit kommen, wenn er sie vor vollendete Tatsachen stellte? Die wunderbare Logik des Ganzen wurde ihm plötzlich klar, und fast hätte er gelacht, während er wieder den Bademantel abstreifte und zu seiner Kommode ging. Er zog die Nadeln aus einem frischen Hemd und kleidete sich mit flinker Effizienz an, um zur Arbeit zu gehen wie ein normaler Mann, so wie er es früher allmorgendlich getan hatte. Es war, als hätte es keine Krankheit, keine Klinik, keine Operation und keine Genesungszeit gegeben. Erstmals seit vielen Monaten schien alles in Ordnung zu sein. Er fühlte sich noch ein bisschen schwach auf den Beinen, doch das würde vorbeigehen, sobald er ein anständiges Mittagessen eingenommen hatte. Als er sich nach dem Schuhebinden aufrichtete, wäre er fast durch einen Schwindelanfall umgekippt. Er blinzelte und setzte sich aufs Bett, schüttelte den Kopf. Wahrscheinlich war er ein bisschen überdreht; er musste sich am Riemen reißen, damit er beim Betreten des Büros gesund und ausgeruht wirkte. Er konnte sich bereits ihre Gesichter vorstellen, wenn er aus dem Aufzug stieg. »Bill!«, würde sein Chef sagen und aussehen, als hätte er ein Gespenst erblickt, und Bill würde ihn angrinsen, ihm die Hand schütteln – »Hallo, George« –, und sich lässig auf die Schreibtischkante setzen.

»Aber deine Frau hat doch gesagt, dass du frühestens in einem Monat wiederkommst.«

»Ach«, würde er sagen, »du weißt ja, wie Frauen so sind, George. Sie übertreiben immer. Jedenfalls bin ich jetzt hier. Zigarette?«

»Schön, dich zu sehen, Junge, wie fühlst du dich?«

»Pudelwohl, George. So gut wie noch nie. Und wie läuft's hier?« So einfach würde das sein. Und sobald er seinen Schreibtisch sortiert, allen die Hand geschüttelt und sämtliche Fragen beantwortet hatte, würde er wieder im Dienst sein; einem Job nachgehen und auf der Gehaltsliste stehen.

Aber wenn er weg sein wollte, bevor sie nach Hause kam, musste er sich beeilen. Während er sich vorm Spiegel die Krawatte umband, dachte er sich die Nachricht aus, die er ihr hinterlassen würde: etwas Kurzes, Prägnantes. »Hab beschlossen, keine Zeit mehr zu verschwenden. Bin im Büro. Fühle mich großartig. Bis später. Was für einen Champagner hättest du gern?« Aber vielleicht war es besser, wenn der Champagner bei seiner triumphalen Rückkehr eine völlige Überraschung war. Er eilte zum Schreibtisch und schrieb es auf, ließ das mit dem Champagner weg und sorgte dafür, dass alles ganz beiläufig klang. Ermutigt, beendete er die Nachricht mit: »PS – Tasse, Seifenschale kaputt. Tut mir leid. Werde beides heute Abend auf dem Heimweg neu kaufen.« Dann legte er den Zettel auf den Couchtisch, wo sie ihn nicht übersehen konnte, und kicherte.

Sie würde erschöpft, mit unhandlichen Tüten beladen, ins Haus kommen, und Mike würde schmutzig sein und ihr heulend am Rockzipfel hängen. »Mike, *lass* das! Hör sofort damit auf! Bill?«, würde sie klagend rufen. »Würdest du bitte kurz aufstehen und mir behilflich sein? Bill, hörst du mich?« Und dann würde sie wütend ins Wohnzimmer wanken, wobei sie Mike hinter sich herschleifen und die Hälfte der Lebensmittel verlieren würde. »Hör mal, Bill, ich reiße dich ja nur ungern ...« Doch dann würde sie erstaunt innehalten, da er weg und die Wohnung leer wäre, und würde die kurze Nachricht auf dem Tisch finden.

Wahrscheinlich würde sie etwa eine Stunde lang nichts unternehmen können, weil sie Mikes Mittagessen zubereiten und ihn für sein Nickerchen fertig machen musste, aber danach würde sie ihn als Erstes verzweifelt im Büro anrufen. Er würde den Anruf an seinem Schreibtisch entgegennehmen, sich auf dem

Drehstuhl zurücklehnen und sich knapp und geschäftsmäßig am Telefon melden.

»Bill?«, würde sie fragen. »Bist du das?«

Er würde überrascht tun. »Oh, hallo, Baby. Was hast du auf dem Herzen?«

»Bill, bist du verrückt geworden? Geht's dir gut?«

»Besser als je zuvor, Schatz. Hör mal, das mit der Tasse und diesem anderen Ding, der Seifenschale, tut mir leid. Rufst du deswegen an?«

»Hör mal zu, Bill. Ich weiß nicht, was los ist, aber du nimmst jetzt sofort den Bus und kommst nach Hause. Hast du verstanden? Nein, nimm lieber ein Taxi. Auf der Stelle. Verstanden?«

»Aber *Baby*«, würde er sagen, »du weißt doch, dass ich nicht mitten am Tag mit der Arbeit aufhören kann. Willst du etwa, dass ich gefeuert werde?«

Er lachte lauthals – der Spruch übers Gefeuertwerden war scharf. Abgesehen von dem Fetzen Papiertaschentuch an seiner Lippe war er jetzt startklar. Er entfernte ihn vorsichtig, doch die Schnittwunde war noch frisch und begann wieder zu bluten. Fluchend tupfte er mit seinem Taschentuch daran herum, stellte sich neben die Tür und wartete, bis das Blut getrocknet war. Was würde sie dann sagen, nach dem Spruch übers Gefeuertwerden? Wahrscheinlich so was wie: »Hör mal. Was soll das Ganze beweisen? Kannst du mir das erklären?«

»Klar«, würde er sagen. »Das beweist, dass es mir gut geht, das ist alles. Ein gesunder Mann sollte nicht den ganzen Tag trübsinnig im Haus rumhocken und seiner Frau Arbeit machen. Er sollte weg sein, um Geld zu verdienen und ihr ein bisschen Sicherheit bieten zu können. Ist daran irgendwas falsch?«

»Oh, ganz und gar nicht«, würde sie sagen. »Das ist einfach wunderbar. Du bleibst im Büro und arbeitest dich krank, kommst heute Abend nach Hause und klappst zusammen, dann gehst du morgen wieder zur Arbeit und kommst in einem *Krankenwagen* nach Hause. Ist doch prima. Das bringt mir jede Menge Sicherheit, oder?«

»Ach, Schatz, reg dich doch nicht künstlich auf. Du hast einfach diese hartnäckige Vorstellung im Kopf, dass ich ...« Doch in diesem Augenblick würde wahrscheinlich George in sein Büro treten, wie jedes Mal, wenn Jean am Telefon war. »Hör mal, Bill, hier sind ein paar Berichte, die du dir vielleicht mal ansehen ... oh, tut mir leid.« Und dann würde er sich in Hörweite hinsetzen, um zu warten, bis Bill Zeit hatte.

»Gut, Bill«, würde Jeans Stimme in kühlem Ton am Telefon sagen. »Ich will's mal so formulieren: Entweder du kommst sofort nach Hause ...«

»Okay«, würde er gut gelaunt sagen, um ihr durch den unaufrichtigen Ton klarzumachen, dass er nicht mehr allein war, »okay, Schatz, dann bis um sechs.«

»Entweder du kommst sofort nach Hause ...«

»Ja, Schatz. Sechs Uhr.«

»... oder ich bin nicht mehr da, wenn du tatsächlich kommst. Denn dann sitze ich schon mit Mike im Zug und fahre zu meiner Mutter. Ich hab einfach genug von deiner Vorstellung von Sicherheit.« Und wenn sie den

Hörer auflegte, würde ein kurzes, trockenes Klicken zu hören sein.

Bill rieb sich die schweißnasse Stirn und sah den Zettel an. Er hatte noch nie das Gefühl gehabt, so vernichtend geschlagen zu sein. Er ging zum Tisch, zerknüllte den Zettel und warf ihn in den Papierkorb. Das war's dann. Und plötzlich war ihm das Ganze egal. Sollte sie doch reagieren, wie sie wollte. Egal, was passierte, er war damit durch. Er gab auf. Er wollte bloß noch in eine Bar gehen und sich einen Drink genehmigen. Vielleicht auch zwei oder drei. Er holte seinen Hut aus dem Dielenschrank, riss die Wohnungstür auf und blieb abrupt stehen. Da war sie, soeben angekommen, im Begriff, den Schlüssel in die Tür zu stecken, die er gerade aufgerissen hatte, und blickte ihm verblüfft ins Gesicht. Sie hatte nur ein paar leichte Sachen dabei, und Mike weinte weder noch zog er an ihrem Rock, sondern er grinste und aß einen Apfel.

»Na!«, sagte sie. »Wo willst du denn hin?«

Er setzte seinen Hut auf und drängte sich an ihr vorbei. »Was trinken gehen.«

»So wie du bist? Mit runterhängenden Hosenträgern?«

Ein erschütternder Blick bestätigte es: Die Träger baumelten an seinen Hosenbeinen. Er wirbelte herum und starrte Jean wütend an, dann machte er ein paar langsame, bedrohliche Schritte auf sie zu. »Hör mal. Es ist gut, dass du zurückkommst, bevor ich weg bin, denn ich muss dir ein paar Sachen sagen.«

»Ist es nötig, dass die Nachbarn es auch mitbekommen?«, fragte sie.

Grimmig, sich mit höchster Willenskraft beherrschend, folgte er ihr wieder in die Wohnung, nahm seinen Hut ab und ging hinter ihr her, während sie die Lebensmittel abstellte und Mike in sein Zimmer scheuchte. Dann sah sie ihn mit sprödem Lächeln an. »So.«

Er stemmte die Hände in die Hüften, wippte ein paarmal auf den Absätzen hin und her und grinste sie boshaft an. »Die Seifenschale über der Spüle. Die ist kaputtgegangen.«

»Oh.« In ihrem Gesicht flackerte kurz Verärgerung auf; dann zeigte sie wieder ihr dünnes Lächeln. »Also *darum* geht es.«

»Wie meinst du das? Und noch was. Diese neuen Tassen. Von denen ist auch eine kaputtgegangen! Und die Untertasse auch!«

Sie schloss kurz die Augen und seufzte. »Tja«, sagte sie. »Wir brauchen wohl nicht darüber zu sprechen. Du hast deswegen bestimmt schon genug Gewissensbisse.«

»Gewissensbisse? Gewissensbisse? Warum zum Teufel sollte ich die denn haben? Es war doch nicht meine Schuld!«

»Oh«, sagte sie.

»Was ist los, glaubst du mir etwa nicht? Glaubst du mir nicht? Was? Nein, natürlich nicht. Du führst dich auf wie ein kommunistisches Gericht. Alle gelten als schuldig, bis ihre Unschuld bewiesen ist, oder? Was? O nein, ich vergaß, nicht alle. Bloß ich, oder? Bloß der arme dumme alte Bill, der den ganzen Tag den Teppich vollascht, stimmt's? Der sich immer ›ausruht‹, stimmt's? Der einen auf krank macht, während du deine Last mit einem Lächeln trägst, stimmt's? Oh, das *gefällt* dir, was? Du genießt jeden einzelnen Augenblick, oder? Was?«

»Das lass ich mir nicht bieten, Bill«, sagte sie mit funkelnden Augen. »Das lass ich mir nicht …«

»*Ach wirklich*? *Ach wirklich*? Denn es gibt ein paar Sachen, die *ich* mir nicht mehr bieten lasse und die du jetzt besser abstellst. Ich lass mir deine ständigen Witzeleien übers ›Ausruhen‹ nicht mehr bieten, kapiert? Das ist das eine. Und ich lass mir nicht mehr bieten, dass du …« Ihm versagte die Stimme; er war ganz außer Atem. »Ah, egal«, sagte er schließlich. »Du würdest es nicht verstehen.« Er zog seine Jacke aus, warf sie aufs Sofa und wollte seine Hosenträger befestigen; dann ließ er sie mit einer empörten Handbewegung wieder fallen, steckte die Hände in die Taschen und starrte aus dem Fenster. Er hatte jetzt nicht mal mehr Lust auf einen Drink. Er wollte bloß dastehen, aus dem Fenster schauen und warten, bis das Gewitter vorbei war.

»Ich würde es mit Sicherheit nicht verstehen«, sagte sie. »Ich kann leider nicht verstehen, warum bei meiner Rückkehr alles Mögliche kaputt ist und du mich vor Wut beschimpfst. Wirklich, Bill, da erwartest du ziemlich viel.«

Das Einzige, was er tun konnte, war dastehen und warten, bis sie sich abreagiert hatte. Er war erschöpft, außerstande zurückzuschlagen oder sich auch nur zu verteidigen, ein Boxer, der angezählt in den Seilen hing.

»Was geht bloß in deinem Kopf vor?«, wollte sie wissen. »Du führst dich auf wie ein Kind! Ein großes, verwöhntes, störrisches Kind ...«

Es ging immer weiter, doch ihre Stimme ließ den schrillen, nörglerischen Ton vermissen, mit dem er gerechnet hatte – stattdessen klang sie gekränkt, ja fast weinerlich, was noch schlimmer war. In dem kleinen Teil seines Kopfes, der bei klarem Verstand blieb, kam er düster zu dem Schluss, dass dieser Streit sich vermutlich lange hinziehen würde, vielleicht über zwei oder drei Tage. Das Schreien und die Beschuldigungen würden bald aufhören, doch es würde eine längere Phase kühlen Schweigens eintreten, höflicher kurzer Fragen und Antworten beim Essen, des Schlafengehens, ohne sich auch nur Gute Nacht zu sagen, bevor er es über sich brachte, zu ihr zu gehen und, wie es sich geziemte, die großen, einfachen Worte auszusprechen, die das Ganze von Anfang an hätten verhindern können: »Tut mir leid, Liebling.«

Ihre Tirade ging zu Ende, und er hörte sie in die Küche stürmen. Es folgte eine Reihe kurzer, geschäftsmäßiger Küchengeräusche – das Öffnen und Schließen des Kühlschranks, Töpfeklappern, Karottenschaben –, und nach einem Weilchen kehrte sie wieder zurück und strich direkt hinter ihm einen Schonbezug glatt. Was würde sie tun, fragte er sich angespannt, wenn ich mich jetzt umdrehen und mich sofort entschuldigen würde?

Doch im selben Moment passierte hinter seinem Rücken etwas Erstaunliches. Ihre Finger ergriffen die baumelnden Hosenträger, zogen sie geschickt über seine Schultern, und ihre Stimme – eine neue, von Gelächter erfüllte Stimme – fragte: »Soll ich Ihre Hosenträger befestigen, Mister?« Dann umschlangen ihn ihre Arme und drückten ihn fest, und ihr Gesicht presste sich warm zwischen seine Schulterblätter. »O Bill, seit deiner Heimkehr hab ich mich scheußlich aufgeführt, was? Ich war so damit beschäftigt, müde und heroisch zu sein, dass ich dir keine Chance gegeben habe, gesund zu werden ... Ich hab dir nicht mal gesagt, wie unglaublich froh ich bin, dass du wieder da bist. Ach, Bill, du solltest das ganze Geschirr zerdeppern, direkt auf meinem Kopf.«

Er traute sich nicht zu sprechen, drehte sich aber um und nahm sie in die Arme, und ihr Kuss war weder von Krankheit noch von Müdigkeit geprägt. Das war das Einzige, womit er in all seinen Plänen nicht gerechnet hatte – die geringe Chance, die ihm völlig entgangen war.

ZITATNACHWEIS

»Beim Anblick der Muschelboote bei San Sabba«, aus: James Joyce, Werke. Frankfurter Ausgabe in sieben Bänden; 4.2: Gesammelte Gedichte. Anna Livia Plurabelle. Aus dem Englischen von Wolfgang Hildesheimer und Hans Wollschläger.

NACHBEMERKUNG

Der Herausgeber der amerikanischen Originalausgabe und Monica Shapiro, die Tochter des Autors, danken Ronald J. Nelson von der James Madison University für die Entdeckung der bis 1996 unveröffentlichten Short Storys in der Richard Yates Collection der Boston University.

Die in diesem Band versammelten Short Storys erschienen unter dem Titel »Uncollected Stories« in der Ausgabe »Richard Yates: Collected Stories«, zuerst erschienen in den USA 2001 bei Henry Holt and Company, LLC.

Der Verlag weist ausdrücklich darauf hin, dass im Text enthaltene externe Links vom Verlag nur bis zum Zeitpunkt der Buchveröffentlichung eingesehen werden konnten. Auf spätere Veränderungen hat der Verlag keinerlei Einfluss. Eine Haftung des Verlags ist daher ausgeschlossen.

Verlagsgruppe Random House FSC® N001967

Neumarkter Str. 28, 81673 München
Umschlag: Lübbeke Naumann Thoben, Köln
Umschlagmotiv: Getty / David Zaitz
Satz: GGP Media GmbH, Pößneck
Druck und Bindung: Friedrich Pustet, Regensburg
Printed in Germany
ISBN 978-3-421-04618-5

www.dva.de

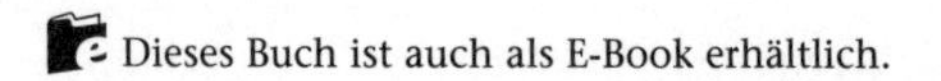
Dieses Buch ist auch als E-Book erhältlich.

Richard Yates bei DVA

Zeiten des Aufruhrs

Roman

Deutsch von Hans Wolf

»Das eindringliche Psychogramm einer Ehe, die von Beginn an den ›Virus des Scheiterns‹ in sich trägt. Mit scharfem Blick registriert Yates die Demütigungen, das vielsagende Schweigen und die Abgründe. Eine Tragödie hinter pastellfarbenen Fassaden.«

Brigitte

Easter Parade

Roman

Deutsch von Anette Grube

»Ein fesselnder, psychologisch raffinierter Roman um Frauen und Männer und das Zerbrechen aneinander.«

Elke Heidenreich, Lesen!

Richard Yates bei DVA

Elf Arten der Einsamkeit

Short stories
Deutsch von Anette Grube
und Hans Wolf

»Eine Edward-Hopper-hafte Melancholie liegt über diesen Geschichten, eine elegische Hoffnungslosigkeit, die man schwer vergisst. Richard Yates' Short stories gehören mit zum Vollkommensten, was je in diesem Genre geschrieben wurde.«
Österreichischer Rundfunk

Verliebte Lügner

Short stories
Deutsch von Anette Grube

»Yates' Geschichten sind brutal, bitter, traurig und doch kann nur jemand so schreiben, der die Menschen liebt und weiß, was sie bewegt … Yates' Ruhm kommt spät, aber uns ist es noch früh genug.«
Welt am Sonntag

Richard Yates bei DVA

Eine besondere Vorsehung

Roman

Deutsch von Anette Grube

»Meisterhaft und bis ans Äußerste getrieben, versteht es Yates, vor dem Hintergrund der großen, weltumspannenden Geschichte den emotionalen Kleinkrieg zwischen Mutter und Sohn zu schildern.«
Spiegel online

Ruhestörung

Roman

Deutsch von Anette Grube

»Und doch ist da diese ... Kunstfertigkeit ..., alles Poetische aus der Darstellung herauszuhalten. Gerade das macht *Ruhestörung*, weil es zu scheitern droht und vom Scheitern erzählt, zu einem faszinierenden Buch.«
Frankfurter Rundschau

Richard Yates bei DVA

Eine gute Schule

Roman

Deutsch von Eike Schönfeld

»Yates' wohl persönlichster Roman: Mit viel Feingefühl zeichnet er das Portrait eines Jungen, der seinen Platz in der Gesellschaft noch finden muss. Ein zutiefst humanes Buch.«
Süddeutsche Zeitung

Eine strahlende Zukunft

Roman

Deutsch von Thomas Gunkel

»Es ist diese erbarmungslose Zeichnung seines Personals, die Yates einzigartig macht und das Lesen seiner Bücher so bewegend (einige würden sagen erschreckend).«
Die WELT kompakt

Richard Yates bei DVA

Cold Spring Harbor

Roman

Deutsch von Thomas Gunkel

»In seinem letzten Roman zieht der große amerikanische Autor Richard Yates die Summe seines Schaffens ... Wäre dieser Roman ein Gemälde, dann eines von Edward Hopper.«
Süddeutsche Zeitung

Rainer Moritz

Der fatale Glaube an das Glück Richard Yates – sein Leben, sein Werk

Eine ganz persönliche Einladung, in Yates' Biografie einzutauchen und die Werke des Meisters wieder zu lesen. In leichtfüßigem Ton entführt uns Rainer Moritz, intimer Kenner des Werks, in das so romanhafte Leben dieses einzigartigen Schriftstellers.